JN105190

花琳仙女伝

引きこもり仙女は、
やっぱり後宮から帰りたい

桜川ヒロ

SKYHIGH文庫

目次

BOTAN

貴慧《キケイ》
僅国《きんこく》の皇帝。常に飄々とした笑みだが、底が見えない。『覇者の剣』事件で花琳を気に入る。
紫芳《シホウ》
後宮の縫房の女官。後宮の内医院の医師・民の手伝いもしている。元気で明るい。
江智星《コウチセイ》
江家の長男。武官だが、身体よりも頭を動かすのが得意な文官気質。誰にでも優しいが、たまに大胆なことを言いだしたりもする。祭具管理処に配属される。
人物紹介
イラスト：花邑まい

江飛耀《コウヒヨウ》
豪族・江家の次男で武官。『覇者の剣』事件で弟・俊賢を助けるために花琳の力を借り、真犯人を一緒に捕まえた。花琳に巻き込まれ、祭具管理処に配属される。
楚花琳《ソカリン》
仙女の末裔で、引きこもりたい少女。皇帝に無理やり女性初の官吏に取り立てられ、祭具管理処に配属される。物と会話ができ、付喪として具現化できる『顕現の力』を持つ。
椿《ツバキ》
本体は櫛。几帳面でしっかりとした性格。後ろできっちりと髪をまとめている。
牡丹《ボタン》
本体は簪。口調はおっとりだが元気っ子で、横の高い位置で髪の毛を結んでいる。
趙正永《チョウショウエイ》
江家の親戚で、仕立屋兼祭具管理処の官吏。元々武官で身体は筋骨隆々だが、服などは何故か女性仕様。

花琳仙女伝

引きこもり仙女は、やっぱり後宮から帰りたい

序幕

かつて、瑾国《じんこく》には不老不死の仙女がいた。

仙境《せんきょう》という神域に住まう彼女は、この世のものとは思えぬ美しい容姿をもち、不思議な仙術を操ったとされている。

仙女がどこから来たのか、それは誰も知らない。名前さえも残っていない。

けれど、当時の皇帝の命を救ったとされる彼女の逸話は、絵物語や童話となり、今でも後世に語り継がれている。


これは、そんな名もなき仙女の末裔《まつえい》、楚花琳《ソカリン》の物語である。

第一章　祭具管理処《さいぐかんりどころ》

「花琳《カリン》さまぁ！　そろそろ起きてくださいー！」

花琳は、甲高い幼子の声で目を覚ました。糊でくっついているかのような上下の瞼を無理やりこじ開けると、本や木簡《もっかん》ばかりが積んである部屋が目に入る。身体《からだ》を起こせば、ぬばたまのような黒い髪が、寝ぼけ眼《まなこ》の前にするりと落ちてきた。

透き通るような白磁《はくじ》の肌に、菖蒲《しょうぶ》色を秘めた黒い瞳。薄くて小さな唇は、その色も相まって桃の花弁のようで可愛らしいが、同じく桃色に染まった頬《ほお》には布団の跡が付いていた。

花琳は一点を見つめながらぼんやりと微睡《まどろ》む。すると、今度は別の幼子の声が鼓膜を揺らした。

「急いで準備をしないと、飛耀《ヒヨウ》さんたちがいらっしゃる時間になりますよ」

「ですです！　また怒られちゃいますよ？」

冷静な声色で花琳の服を準備してくれる子の名は椿《ツバキ》、先ほど花琳を起こした元気な子の名が牡丹《ボタン》である。どちらも見た目は三、四歳ほどの女の子だ。顔がそっくりなので双子のようにも見える。

いたって普通の子供のように見える二人だが、実は人ではない。彼女たちは花琳の『顕《けん》現《げん》の力』で、この世に実体を持った物の魂《たましい》——『付喪《つくも》』と呼ばれる存在だった。ちなみに、二人の本体は花琳の母の形見である簪《かんざし》と櫛《くし》だ。簪の方が牡丹で、櫛の方が椿である。

花琳は祖先である仙女の先祖返りであり、物の魂を実体化させる『顕現の力』と呼ばれる能力を持っていた。その力を使えば年月を経《へ》た物や、人に大切にされてきた物たちと意思疎通が可能であり、実家の方ではこの力を使って古物商を営む父の手伝いをしていた。

また彼女は仙女の不死性も引き継いでおり、相当な怪我でも死なないという特異な体質も持っていた。

そのせいで長い間、実家に引きこもっていたのだが、いろいろな偶然がめぐりめぐって、なぜか今は女性初の官吏《かんり》として宮廷に勤めている。

宮廷に勤めるなんて、引きこもり至上主義の花琳としては大変に不本意なのだが、勅命《ちょくめい》なので仕方がない。

「もう朝なの？　この部屋、光が入ってこないからよくわかんな……ふぁ……」

あくびをすると目に涙が溜《た》まった。椿はそんな花琳の様子を見て、ため息をつく。

「こんな窓のない部屋で生活をされるから、体内時計が狂ってしまうんですよ」

「そうですよー。なにもこんな、暗くて埃っぽい部屋に住まなくても！」

非難するような二人の台詞に、花琳は部屋の中を改めて見回した。

入り口以外の壁という壁はすべて本棚になっており、中には本と木簡がぎっしり詰め込まれている。外光が入るような窓もなく、本棚以外だと花琳が持ち込んだ布団と必要最低限の生活用品しかなかった。生活感は皆無である。

「せめて、窓だけでもあれば違うんでしょうけど……」

「仕方がないよ。ここ、物置なんだし」

頬に手をつきながら息を吐く椿に、彼女はけろりとそう答えた。

そう。花琳が寝起きしているその部屋は、彼女が配属されることになった『祭具管理《さいぐかんり》処《どころ》』という部署の物置だった。


ひと月ほど前。花琳は自身の持つ『顕現の力』を用い、皇帝暗殺を阻止し、盗まれた『覇者《はしゃ》の剣《つるぎ》』という皇帝の証を見事取り返した。そのことから皇帝に見こまれ、彼女は女性初の官吏として召し上げられてしまった。さらには、専用の部署まで新設されるほどの特別待遇を受けた。

その部署こそが『祭具管理処』なのである。

『祭具管理処』の基本的な仕事は、祭具等が置いてある朱久里殿《しゅくりでん》の管理だ。なので、与えられた部署の場所も、朱久里殿の裏にある平屋の建物だった。元は文官が朱久里殿を管理する時に使っていた建物らしいのだが、管理といっても月に一、二回掃除をして中を確認するだけなので使用頻度《しようひんど》もさほど高くなく、ほとんど使われないまま放置されていた建物だった。

花琳はその建物の物置を占拠して、自身の部屋にしていたのである。

「そもそも、『職場に通いたくないから、職場に引きこもる』なんて発想。常人は思いつきもしませんよ」

「さすが花琳さまって感じですよねぇ」

小言を言い始めた二人に、花琳は口をすぼませる。

「だって、だって！　ここで寝泊まりした方がいろいろと楽でしょ？　都の往来を歩かなくてもいいし！　寝坊することもないし！」

「寝坊はともかくとして。こんな不便をされてまで、外を出歩きたくないんですか？」

「うん」

「……」

その脊髄反射のような即答に、思わず二人は口を噤《つぐ》んでしまう。黙ってしまった彼女たちを尻目に、花琳はそのままの勢いで言葉を続けた。

「ここって、簡単な炊事場ならあるし、井戸だって近くにあるからそんな言うほど不便でもないと思うんだよね。それに、不便って思うなら、改善していけばいいだけの話なんだし！」

花琳の言い分に、椿と牡丹は呆《あき》れたような顔つきになる。

「本当に花琳さまは、引きこもるためには努力を惜しまない方ですよね」

「ですよねぇ。この部屋も『心地よく引きこもるために！』と隅から隅まで掃除してらっしゃいましたし」

「だって、引きこもる場所が汚いのって嫌でしょ？　常に引きこもっていたいなら、環境ぐらいちゃんと整えないと！」

「この建物の敷地内に、畑も作ってらっしゃいましたよね？　いずれ野菜を育てるとか、なんとか……」

「鶏小屋も近いうちに作る予定なんですよね？」

「そりゃ、いずれはこの敷地から一歩も出ずに生活していきたいしね！　もちろん、朱久里殿には行かなくちゃだけど、できるだけ行動範囲は狭めていきたいし！　目指すは完全なる自給自足よ！」

花琳は拳《こぶし》を胸の前に掲げる。それを見ながら二人はもう半眼だ。

「どうしてその前向きさと熱量を、もっと別のことに回せないのか……」

「まぁ、もう今更ですけどねぇ。花琳さまは根っからのひきこもり体質ですし」

二人は向き合いながら同時に首を傾《かたむ》ける。

「もぉ！　そんなに言わなくてもいいでしょ！　二人のいじわる!!」

完全にむくれた花琳は頬を膨《ふく》らませ、そっぽを向いてしまう。そんな彼女に、顔を拭《ふ》くための濡れた手ぬぐいを渡しながら、牡丹は微笑《ほほえ》んだ。

「でもま、それが私たちの大好きな花琳さまなので、仕方ないですけどねぇ」

「そうですね。でも、私としては、たまにはちゃんと江《コウ》家に戻って欲しいと思いますよ」

花琳の髪を櫛で梳《と》かしながら、椿はさらに続けた。

「花琳さまが安全に生活するには、やっぱりここはまだいろいろと足りませんからね」

「江家かぁ」

花琳は渡された手ぬぐいで顔を拭いた後、着替えを始める。

現在、花琳の身は豪族である江家の預かりになっていた。それは、彼女の父である景世《ケイセイ》がそう願ったからである。

仕官することが決まってから間もなく、景世は都である晋南《しんなん》に来てくれた。しかし、遼《りょう》に家も店も土地もある彼がこちらに移り住むことは現実的ではなく、結局一緒に住むのは無理だという話になったのだ。けれど、だからといって、今まであまり外に出たことがない花琳に一人暮らしをさせるのは不安がある。

一応、宮廷にも官吏が住む寮のようなものはあるのだが、今まで官吏は男性しかいなかったため、男性寮のようになっている。そこに女性である花琳が住むのは、一人暮らしよりも現実味がなかった。

そんな時、手を上げてくれたのが江家の当主である徳才《トクサイ》だった。『覇者の剣』の一件で恩義を感じていた彼は、江家で花琳を預かることを提案。景世もそれは願ってもない申し出だと了承し、今に至るのである。

「花琳さま、最後に江家のお屋敷に戻ったのはいつだったか覚えておられますか？」

帯を整えながらそう聞いてきた椿に、花琳は首を捻《ひね》る。

「えっと……三日前？」

「三日前ですかぁ。なら、そろそろ飛耀さんにどやされる頃合いで――」

牡丹がそう言い終わる前に、勢いよく部屋の戸が開け放たれた。引き戸特有の木材同士がぶつかりあう音が部屋に響き渡る。

「おいこら！　花琳！」

「ひぇっ！」

開いた戸の方を見れば、そこにはもちろん飛耀がいた。

短い黒髪に、鋭い目。武官特有の身体の大きさに、花琳の頭一つ以上は高い身長。顔立ちは端正だが優男というわけではなく、雰囲気は無骨だった。

眉間に皺を寄せているところから察するに、あまり機嫌はよろしくないらしい。

「噂をすれば、ですね」

「ですねぇ」

顔を見合わせる幼子二人に目もくれず、飛耀は部屋の中心にいる花琳にまで歩を進め、彼女の頭を片手で鷲掴《わしづか》みにした。

「ぎゃあ！　痛い痛い痛い‼」

「おーまーえーはー！　何度言えば、この物置に泊まらなくなるんだよ！　引きこもるならうちでやれ！　うちで‼」

「ひ、飛耀さんには関係ないじゃないですか！」

「関係ないわけないだろ！」

飛耀は花琳の頭を掴んでいた手を離す。そして、腕を組み直した。

「お前は今うちの預かりなんだ。何かあったら困る！」

「困るって。何かあることなんて滅多にありませんから大丈夫ですよ」

ぐちゃぐちゃになった髪の毛を手で押さえ、花琳は飛耀を見上げた。

視線の先の飛耀はやっぱり怖い。今日は怒っているので余計にだ。最初の頃よりは多少慣れたとはいえ、こうくるとやはり身がすくんでしまう。

「んなもん、わかんねぇだろ？　それに、こんな苔の生えそうなところに住んでたら、いい加減体調崩すぞ！」

「それこそ大丈夫ですよ。私、怪我もしませんけど、風邪だってひきませんから」

その瞬間、飛耀の視線が鋭くなり、花琳は内心悲鳴を上げた。

「俺はな、お前のことが心配だって言ってんだ！」

「し、心配？」

「お前が怪我をしなかろうが、風邪をひかなかろうが、関係ない！　俺が心配で落ち着かないからやめろっつってんだよ！」

「へ？」

「わかったか？」

乱暴に告げられた言葉に心臓が跳ねた。

仙女から不死性を引き継いだ花琳に心配なんて不要だ。命に関わるような怪我をしてもすぐに治るし、病気にだってかかったためしがない。なのに彼は、花琳を普通の女の子と同じように心配して、気遣ってくれる。その心遣いが、なんだかちょっとむずがゆくて、おもはゆい。

じわじわと上がってきた体温に、身体が熱くなる。

嬉しいのか、恥ずかしいのか、怖いのか、よくわからない感情が胸を占拠して、花琳は飛耀から顔を背《そむ》けた。

「べ、別に、心配なんかしてくれなくても……」

「あ?」

「ナンデモナイデス……」

（こ、怖い……）

先ほどとは違う意味で心臓が早鐘を打った。体温も急降下である。

「お二人が揃うと、朝から騒々《そうぞう》しいですね」

「ですねぇ」

三日に一度は繰り広げられるやり取りに、椿と牡丹はほのぼのとした視線を送っていた。

飛耀は花琳の鼻先に指を突き立てる。

「今日はなんとしても連れ帰ってやるからな! 仕事が終わったら迎えに行くから待ってろ!」

飛耀の言葉に花琳は「えぇ……」と声を漏らす。しかし、こうなった飛耀が止められないことは彼女にもわかっていた。どうやら今日はおとなしく帰るしかなさそうである。

（逃げたってどうせ捕まるだろうしなぁ……）

体力おばけと鬼ごっこをしても、疲れるだけで勝ち目はない。そもそも疲れる前に捕まってしまうというオチになりかねない。それならば無駄に抵抗はせず従っておくのが得策というものだった。

花琳がため息をついていると、急に何かに気がついた牡丹が声を上げた。

「あれ？『迎えに行く』ということは、今日も飛耀さんは、軍部の方へ行かれるんですか？」

「あぁ。あっちも人が足りないみたいだからな。ま、戻れたら早めに戻ってくる」

「了解でーす」

そう牡丹は敬礼し、椿は肩をすくめた。

「ま、こっちの人手は余っているぐらいですからね」

現在『祭具管理処』には花琳の他に、飛耀、智星《チセイ》、正永《ショウエイ》の三人が在籍している。しかし、花琳以外の三人は、軍部にしばしば応援に行っていた。『祭具管理処』の仕事があまりにも少ないためだ。

朱久里殿は元々、一ヶ月に一、二度の掃除を兼ねた点検だけで管理をしていた。専門の部署ができても、さほどすることは変わらない。それに比べて、軍部の忙しさは目が回るほど。なので、飛耀たちは毎朝こちらに集まり、朱久里殿の中を点検したあと、軍部に行くのが日課になっていた。

「智星さんと正永さんはもう軍部へ？」

「いや、さすがに朝は集まるだろ。時間的にそろそろ来るんじゃないか」

「やっほー。花琳ちゃん」

噂をすればなんとやら。まるで頃合いを見計らっていたかのように智星が顔をのぞかせる。

枯茶色《からちゃいろ》と飴色を足したような明るい髪の色に、穏やかな物腰。顔立ちはびっくりするほど整っていて、武官の格好をしていなければ女性と見間違ってしまうほど。常に怒っているような飛耀とは対照的に、彼はいつもどこか楽しそうだ。

突然現れた智星に、花琳は慌てて頭を下げた。

「あ、おはようございます！」

「おはよう。あれ？　まだ髪の毛結わえてないね。身支度の途中だった？」

「あ、すみません！　すぐに支度しますね！」

「いいよ、いいよ。大丈夫、ゆっくりやって。まだ仕事が始まる時間じゃないし」

慌てる花琳に智星は笑顔で首を振る。そして、彼女の前で仁王立ちになっている弟に視線を移した。

「それより飛耀。だめだよ、身支度中の女性の部屋に入っちゃ！」

「ここはこいつの部屋じゃなくて、この部署の物置だ。こんなところで寝泊まりしてるこいつが悪い！」

「まぁ、それも確かに道理なんだけどね」

その言葉に、智星は苦笑いを浮かべる。表情からいって、彼も花琳がここに寝泊まりすることに賛成しているわけではないようだ。先ほど飛耀が言ったように、花琳の身に何かあれば江家に責任が降りかかる。彼はそれを憂慮しているのだろう。

(せめて、この建物に寝泊まりする部屋でもあればなぁ……)

花琳は椿に髪の毛を結わえてもらいながら、そんな風に思った。寝泊まり専用の部屋でもあれば、二人の態度も多少は軟化するに違いない。

花琳がそんなことを考えているとは露知らず、飛耀は何かを思い出したかのように智星の背後をのぞき見て、不思議そうな声を出した。

「智星。そういえば正永は?」

「ん？　正永さんはもう陛下のところだよ」

「陛下？　なんで……」

突然出てきた『陛下』という単語に、花琳と飛耀は同時に目を瞬《またた》かせる。

「なんでって。そりゃ、お呼びがかかったからに決まってるでしょ」

「お呼びがかかった？　それって、まさか……」

「そ、そのまさか。花琳ちゃんの身支度がすんだらみんなで向かおう。陛下がお待ちだよ」

智星の台詞に、花琳は嫌な予感に頬を引きつらせた。

「四人とも久しいな。息災だったか？」

謁見の間で、皇帝はひと月前と変わらぬ尊大な態度で、唇の端を引き上げた。

深海を思わせるような深い蒼色の瞳に、後ろに撫でつけられている白銀の髪。頭には瑞雲模様の透かし彫りが入った冕冠を被り、黒色の重そうな漢服を着ている。顔には常に飄々とした笑みが張り付いているが、決して気さくに話しかけられるような雰囲気は醸し出していない。

四人は頭を下げたまま皇帝の言葉を聞く。口は開かなかった。許可もないのに皇帝の前で口を開くのは不敬にあたるからだ。基本的に皇帝の言葉は聞くだけのものであり、それに対する意見や反論は許されない。

固くなっている四人を眼下に据《す》え、皇帝は玉座の背もたれに背中を預けた。

「ここは誰も見ておらぬ。お前たちのことは、そこそこ気に入っておるのだ。ここでの発言は基本不問としてやる。だから、肩の力を抜け」

その言葉に、わずかに緊張が緩んだ。

「頭も上げていい。膝もつくな、立て。特に花琳よ、そなたは今更かしこまっても仕方がなかろう。あの時のように気軽に話せ。私はそれを望んでいる」

そこまで言われては仕方がないと四人は顔を上げ、立ち上がった。その様子を見て、皇帝は満足そうに頷《うなず》く。見た目は十八歳の普通の青年だが、彼はこの国の最高権力者なのだ。

恐れるのも、畏れるのも、当たり前の話である。

未だに固さの残る四人を、彼は頭一つ高いところから見下ろしながら肩をすくませた。

「まぁ、良い。今回呼び出したのは、お前たち——特に花琳に頼み事をするためだ」

「私に頼み事、ですか？」

「そんなに嫌そうな顔をするんじゃない。虐《いじ》めたくなるだろう？」

「ひぃっ！」

楽しそうに細められた目に悪寒《おかん》が走る。思わず飛び上がり飛耀の背中に隠れれば、彼は少し身体をずらして花琳を隠してくれた。その様子を見て、皇帝は肩を揺らしながら笑う。

「冗談だ。冗談！」

「冗談……ですか？」

「なんだ？　本当に虐めて欲しかったのか？」

「滅相もございません!!」

ちぎれんばかりに首を横に振る花琳を見て、また皇帝は笑う。その様子は実に楽しそうだ。本当に加虐趣味があるのではないかというぐらいの良い笑顔である。

「まぁ、私の趣味は置いといて、だ。……花琳」

「はい」

「私の頼み事だ。聞いてくれるか？」

「な、なんなりと！」

本音を言うなら頼み事なんて聞きたくない。彼と関わっていい思いをしたことが未だかつてないからだ。そして今後も、あるとはどうも思えない。しかしながら、嫌とは言えない身分の壁があるのも事実だった。相手は皇帝だ。答えは常に『はい』しかない。

「では、後宮に入れ」

「はぁ⁉」

ひときわ大きな声を出したのは飛耀だった。皇帝の前ではあまり喋らない彼からすれば珍しい反応である。一方の当人は、声も出ず固まってしまっていた。

「あぁ、違うな。正確には、智星と花琳だ。二人とも我が後宮に入れ」

「はい？」

今度は智星が引きつった声を出した。先ほどの飛耀ほど険は帯びてはいないが、彼のその声も十分に固い。

「陛下。おっしゃられている意味がよくわかりませんが？　彼女はまだわかりますが、俺は男ですよ？　いつから後宮は男も入ることができるようになったんですか？」

「ははっ。そう、怒るな。なにも私はお前に宦官《かんがん》になれと言っておるわけじゃない。私はお前たちに後宮で起こっている事件を調査してもらいたいのだ」

「調査？」

皇帝は指を三本立てて、彼らの前に出す。

「三人だ」

「三人？」

「ここ一ヶ月の間に、後宮で起こった不審死の数だ。そして今朝、四人目と五人目の死体が上がった。その片方は私の妃だ」

その言葉にそこにいた全員が目を剥《む》いた。

「私は彼女が誰かに殺されたと思っている。調査してくれるな、楚花琳《ソカリン》よ」

第二章　花琳、再び女官になる⁉

それから数日後、四人と二つの付喪の姿は宮廷の外にある仕立屋の中にあった。

「やぁん、花琳ちゃん。すっごくお似合いよ！　可愛いわぁ」

「そ、そうですか？　ありがとうございます」

鏡に映った女官姿の花琳を見ながら、正永は甲高い声を出した。その褒め言葉に、花琳も自身の着ている裳《も》を持ちながら恥ずかしそうにはにかむ。普段は外見に頓着しない花琳だが、褒められればやはりそれなりに嬉しい。あまり褒められ慣れていないから余計にだ。

そこは『覇者の剣』盗難事件の時にもお世話になった、正永の経営する仕立屋だった。彼が宮廷勤めに戻った今は、彼の雇った人間が店を回している。

気を許せる場所に帰ってきたからか、正永はいつもの武官姿から女性の服に着替えていた。見ている回数は武官姿の方が多いのに、女装姿の方が妙にしっくりくるのはなぜだろうか。

「しかし、さすが正永さんのお見立てですね。清楚さの裏に甘さも隠れているなんて、素晴らしいです。白い衣に水色の縁。裳に施してある蝶の刺繍《ししゅう》も完璧です。丁寧な仕事のなせる技ですね」

感心したような椿の言葉に、正永はますます嬉しそうに顔を綻《ほころ》ばせる。

「うふふ。さっすが椿ちゃんはわかる子ねぇ。そう言ってもらえるなんて、頑張った甲斐があるわぁ」

「本当にいつも参考にさせてもらっています」

「こちらこそよぉ」

椿と正永の相性は相変わらず良いようだった。たまに二人で装い談義しているところを見かけるが、その様子はまるで親子のように見える。父娘《おやこ》か、母娘《おやこ》かは、その時によって違うが、どちらにせよ仲はいい。

「智星ちゃんも、すっごく綺麗よ。もう、嫉妬しちゃうぐらいっ！」

「……どうも」

跳ねるような正永の声に、智星はか細い声で反応した。彼は椅子に座った状態で、俯《うつむ》いたまま暗い雰囲気を漂《ただよ》わせている。

（たぶん、あの格好のせいだろうなぁ）

花琳は項垂《うなだ》れる智星を見ながらそう思った。

智星の着ている着物は、花琳のものより一段階も二段階も豪華なものだった。衣《ころも》も裳も

涼しげな水色で、上質な絹で仕立てられているのがわかるような、眩しい光沢を放ってい
た。帯と襟《えり》には金糸で鳳凰《ほうおう》の刺繍がされており、上掛けには光の角度によって七色に色を変化させる糸が織り込まれている。

そう、彼が着ているのは妃の衣装だった。つまり女装である。衣装ついでに鬘《かずら》も被っているので、綺麗な作りの顔も相まって、もうどこからどう見ても女性にしか見えない。

「なんで、俺が……」

組んだ両手に額を載せた状態で、智星がぶつくさ独り言を言っているのが聞こえる。そんな彼の見慣れぬ一面に花琳も苦笑いを零《こぼ》した。


三日後、花琳たちは後宮に潜入する予定になっていた。

理由はもちろん後宮で起こっている不審死の謎を解き明かすためだ。

話によると、不審死を遂げた五人の遺体には外傷はなく、皇帝は彼らが何者かに毒殺されたとみているようだった。もちろん、五人のうち一人か二人は病に倒れたという可能性もある。しかし、こと亡くなった妃においては、同時に同じ部屋で毒味役の女官も亡くなっていることから、より毒殺が疑われているらしいのだ。

なので、今回の彼らの任務は『妃を毒殺した犯人を見つけること』である。それが残りの四人を殺した犯人に繋《つな》がる可能性があるからだ。

しかし、後宮は男子禁制の女の園。女性ならばいざ知らず、男性が潜入するにはいささか難がある場所だった。そこで皇帝は一同に、新しい妃一行に変装して潜入することを提案したのである。

（それで、智星さんがお妃さまで、私がお付きの女官に変装するって話になったんだけど……）

どうやら彼はそれが不服らしい。花琳としては適役だと思うのだが、どうやら智星は己の中性的な顔に引け目を感じているようだった。

なかなか見ない兄の態度に、飛耀はたまらず声をかける。

「女装ぐらいでそんなに落ち込むなよ。俺と正永なんて宦官役だぞ？」

「……俺は、どちらかといえばそっちがよかった」

「それなら、私が変わってあげましょうか？　私も妃様の格好、してみたかったのよねー」

今度は正永だ。彼は智星がこの役を受けてからしきりに『私がやりたかったのにー』と口を尖らせていた。

そんな正永に突っ込みを入れるのは飛耀である。

「無理だろ。一発でバレるわ、んなもん」

「うんもー！　飛耀ちゃんってば、正直者なんだからぁ！　お礼に抱きしめてあ・げ・

る」

「ちょ、やめ！　やーめーろー‼　痛い痛い痛い‼」

バキバキと、痛そうな音まで聞こえてくる。どうやらあの抱擁は愛情の籠《こも》った鉄拳制裁らしい。逃げられない飛耀は、なされるがまま抱きしめられていた。

今度は椿と牡丹が、智星の足下へ駆け寄る。

「智星さん。そのお姿、私も大変お綺麗だと思いますよ」

「そうですよぉ。もっと自信を持ってください！」

「男性の身でこれほどまでにその衣装を着こなせるのは、世界広しといえど智星さんしかおられません！」

「とても男性には見えませんし‼」

「ごめん。今はそっとしておいて……」

悪意のない二人の言葉に、智星の声はさらに低く、落ち込んでいく。その声色に彼の精神状態がうかがえた。

どうにか逃がしてもらえた飛耀は、疲れた顔で智星の肩を叩く。

「ま、死んだ妃の部屋は事件当時のままなんだろ？　それなら、花琳が付喪に話を聞けばすぐ終わる案件だ。それまでの我慢なんだから頑張れよ」

「まぁ、……そうだね」

そうは言いつつも、彼はまだ精神的負傷から回復できないようで、項垂れたまま再び大きくため息をついた。

これほどまでにへこんだ彼を見るのは、もしかしたら初めてかもしれない。

「それにしても、花琳ちゃんってば案外勇気あるわよねぇ。あの場で陛下にお願い事するだなんて、なかなかできる芸当じゃないわよー」

正永は花琳の服の丈を直しつつ、そう言う。

彼の言葉に、花琳も数日前の己の発言を思い出した。


『もし、この事件を解決できたら、私のお願い事を一つだけ叶えてください！』


不審死の内容を説明し終わった皇帝に、花琳は手を上げてそう言った。これには皇帝も驚いたようで、目を瞬かせたあと豪快に笑い、願い事を叶えることを約束してくれたのだ。

「で、なに願うつもりだよ？　官吏をやめたいとかは聞き入れられないと思うぞ？　なんだかんだ言われて続けざるを得なくなるだけだ」

飛耀の言葉に、花琳は胸の前に拳を作った。

「わかってます！　ですから私は、あの建物に私が泊まれるような部屋をお願いしようと思いまして！」

「部屋？」

「はい！　物置部屋に代わる、私の引きこもり部屋が欲しいんです！」

「……お前、まだあそこに住むの諦《あきら》めてなかったのかよ」

呆れたような顔をする飛耀に、花琳はそれはもうしっかりと頷いた。

「もちろんです！　引きこもりの辞書に『諦め』という言葉はありません！」

「いや、普通の引きこもりにはあるだろ。お前の辞書だけだぞ、その頁《ページ》破れてるの」

「なんだか、必要最低限しか顔を出さなくなる未来が浮かぶわねぇ」

正永も困り顔で頬に手を当てた。

花琳的にはみんなの前に顔を出すのなんて必要最低限で十分だと思うのだが、どうやら彼女の以外の見解は違うらしい。

「お前なぁ。そんなにうちの屋敷に帰るのが嫌なのかよ？」

「そういうわけじゃないですけど……」

「ですけど、なんだよ？」

いきなりぐっと近づいてきた彼の顔に、花琳の心臓は跳ねた。体温も一気に上昇する。

「ち、近いです‼」

「ぶっ！」

花琳は反射的に、両手で飛耀の顔を押さえつけた。結構な勢いだったためか、彼の鼻の頭は赤くなってしまっている。

飛耀はこめかみに青筋を立てた。

「お前……」

「だって！　だって‼」

花琳は赤い顔で視線をさまよわせる。

だってびっくりしたのだ。仕方ないじゃないか。

「やるんなら、やられる覚悟もあるんだろうなぁ！」

「ふぇ⁉」

今度は飛耀が花琳の両頬を引っ張る。

「いはい！　いはいれふぅ‼」

「うるさい！　先に手を出したお前が悪い！」

そこまで強い力ではないのだが、引っ張られている彼女はもう涙目だ。

その光景を正永は生暖かい目で見つめていた。

「うふふ、二人ともじゃれあっちゃって可愛らしいわねぇ。でも、そんなに暴れると本番までに衣装がほつれちゃうから、それぐらいにしときなさい。ほら、飛耀ちゃんも花琳ちゃん離して」

その言葉に飛耀は花琳の頬を離す。すると彼女は涙を浮かべたまま、頬の恩人である正永に抱きついた。

「正永さぁん！　飛耀さんがー！」

「はいはい。痛かったわね」

両手で頬をむにむにと揉まれる。引きこもり属性故にか、少々人見知り気質もある花琳だが、なぜか智星や飛耀よりも付き合いの短い正永に心を開いていた。

正永は片手で飛耀を追い払う。

「ほら、衣装の最終確認も終わったんだし、男性陣は先に着替えてきなさい」

「へいへい」

「……はい」

智星も立ち上がり、二人は部屋から出ていく。

正永は花琳の頭を撫でた。

「花琳ちゃんは少し待っててね。私は使わない予定の小物類を店に返してくるわ」

「あ、はい」

「あ、誰もいないからって、ここで着替えちゃだめよ？　二人が戻ってきた時に鉢合わせしちゃうから。あの子たちに限って変なことにはならないと思うけど、男所帯に女の子一人なんだから、ちゃんと自衛はしないとだめよ」

本当の姉のようにそう言って、彼も部屋から出て行く。

残ったのは、花琳と椿と牡丹の三人だけだ。

「皆さんが出て行かれると、一気に静かになりますね」

「ですねぇ」

ほのぼのと二人はそう口にする。花琳も椅子に座り直した。

落ち着いたような、寂しいような、ちょっと変な感覚だ。少し前まではこれが普通だったのに、慣れとは恐ろしいものである。

「そういえば、花琳さま。最近飛耀さんと話す時、なんかおかしくないですか？」

「え？」

「そうですね。妙に固いといいますか……」

花琳は二人の言葉に頬を引きつらせ、身を引いた。

「別に、おかしくなんて……」

「ほら、さっきも急に飛耀さんの顔叩いていましたし」

「あれは、ちょっと顔が近すぎてびっくりしたというか……」

「でも、前は平気でしたよねぇ？」

「飛耀さんの距離感が近いのはいつものことですし」

「えっと。それは、今日は特に近くに感じたというか。いきなりだったし、なんていうか

「……」

しどろもどろになりながら視線を逸らす。

花琳だって本当は気づいているのだ。最近の自分は妙に飛耀を意識してしまっている。

その原因は、一ヶ月前のやり取りにあった。

『覇者の剣』の一件が決着し、故郷に帰ろうという前日の晩。花琳は飛耀と宿の中庭で話をしていた。話自体はいつもと変わらず他愛のないものだったのだが、話が花琳の結婚のことになった時、彼は突如として彼女にこう言ってきたのだ。

『それなら、もう結婚すればいいんじゃないか?』

と。面倒くさい結婚話を躱《かわ》すなら、結婚をすればいい。彼はそう言ったのだ。

最初は、言葉の意味がよくわからなかった。

結婚話を躱すのに結婚するだなんて本末転倒もいいところだし。そもそも、花琳は結婚自体が嫌なわけではなく、結婚することによって自分の不死性を相手に知られてしまうことが嫌なだけなのだ。

それを告げると彼はさらにこう言ってきた。

『だから、知ってるやつと結婚すればいいんじゃないか？』

『知ってる』というのは、もちろん花琳の不死性のことだ。そして、それを知っている人間というのは、父親である景世を除けば、その時は智星と飛耀しかいなかった。

そして、話の流れ的に智星というのはあり得ない。

話が呑み込めないうちに『意味、わかってるか？』と、とどめを刺され、花琳は思考することを放棄した。否、そんな余裕などなくなった。

結局、あのやり取りは冗談だという話になったのだが。冗談でもなんでもああいう求婚めいたことを言われたのが初めてだった花琳は、それ以来妙に飛耀のことを意識してしまっているのである。

（飛耀さんはいつも通りなんだから、私が意識してもしょうがないのに……）

あの言葉が冗談だったというのは重々承知している。爪の先ほども本気だったとは思っていない。けれど、理性から切り離された身体はいつも思うようには動いてくれないのだ。

実は、江家の屋敷に帰りたくない理由もここにある。お節介か何かしらないが、あちらの屋敷にいると、妙に飛耀がかまってくるのだ。花琳はそんな彼にドギマギして変な行動ばかりを取ってしまう。だから、余計に帰りたくないのである。

（でも、私と飛耀さんはお友達なんだし、変な態度を取るのもおかしいよね……）

そんな風に思いながら、花琳はじっと天井を見上げた。

◆◇◆

仕立屋の二階。更衣室にとあてがわれた部屋で、飛耀と智星は着替えをしていた。智星は先ほどまで身につけていた帯をたたみながら、隣で着替える弟に声をかける。

「あのさ、飛耀。もしかして花琳ちゃんに何か言った？」

「何かって、なんだよ」

「えっと、告白めいたこと、みたいな」

「……」

その瞬間、飛耀の動きが一瞬止まる。

「あ、やっぱり？」

「何も言ってないだろ」

「言ってなくても大体わかるよ。花琳ちゃんの方は、結構反応が露骨だしね」

女装を解いたからか、もう腹をくくったからか。智星はいつもの調子を取り戻している。

衣を衣桁《いこう》に掛けつつ、彼は苦笑いを零した。

「思い立ったら口から出ちゃうって、我が弟ながらほんと脳筋だよねぇ」

「うるさいな！　ちゃんとしろって言ったのは智星だろうが！」

「そうだけど。もうちょっと考えてからでもよかったんじゃない？　あれじゃ、花琳ちゃんがかわいそうだよ？」

裳の方は皺にならないようにたたみ、籠に入れる。乱暴に籠に突っ込んでいる飛耀に比べて、智星の仕事はいつも丁寧だ。

「俺はそういうまどろっこしいのは苦手なんだよ！　というか、あの時はあいつがこっちに留まるだなんて思わなかったんだ。だから、言うだけ言っておいた方が良いだろうって……」

故郷に帰れば花琳は元ののほほん引きこもり生活に戻り、飛耀のことなどいつの間にか忘れてしまうに違いない。それを危惧した彼は、あえてちゃんと気持ちを伝えることで彼女の記憶に残ろうと思ったのだが……。

「完全に裏目に出ちゃったってわけだね」

「うるせぇよ」

失敗した自覚があるのか、飛耀は口を尖らせる。

「もうそれならそれで、ちゃんとそういう態度を取れば良いのに。飛耀がいつも通りだから、花琳ちゃんも対応に困ってるんだと思うよ」

「でも、無駄にそういう態度を取って、緊張させてもしょうがねぇだろ」

「まぁ、それは確かにね」

花琳のことだ。飛耀が明らかに好意があるように接してきたら、それはそれで困ってしまうだろう。今まであまり人間関係を築いてこなかった彼女だ。恋愛なんて『れ』の字も知らないに決まっている。

「でも、うかうかしてたら大変なことになっちゃうかもしれないよ」

「大変なこと?」

「陛下、花琳ちゃんのこと相当気に入ってる感じしない？　そのうち本当に召し上げられちゃうかもよ？　……後宮に」

「……んなわけねぇだろ」

「でも、ない話じゃないでしょ。そもそも『祭具管理処』だって、花琳ちゃんのためにあるような部署だしね。一人の女の子をそばに留《とど》めておくためだけに部署を作るなんて、ある意味後宮に入れるより特別待遇な気がしない?」

いち早く着替え終わった智星は、籠を持ったまま扉の方へ歩いていく。そうして飛耀を一瞥《いちべつ》した後、意味深ににやりと笑った。

「それじゃ、先に戻ってるね」

扉の閉まる音が部屋に木霊《こだま》する。

「じゃあ、俺にどうしろって言うんだよ」

飛耀はふてくされたようにそう呟《つぶや》きながら、兄が出ていった扉をじっとりと睨《にら》みつけた。

◆◇◆

瑾国の後宮には、明らかな身分階級がある。

まず皇后と呼ばれる皇帝の正妃。後宮を束ねる存在だ。次に貴妃《きひ》、妃《ひ》、嬪《ひん》、貴人《きじん》、常在《じょうざい》、答応《とうおう》と続く。皇后以外は、定員はあるもののそれぞれ同じ位に複数つくことができ、位号の前に漢字をつけることが許されていた。

現皇帝である貴慧《キケイ》は未だ正妃《せいひ》を定めておらず、皇后の席は空席。しかし、貴妃の座には二人、妃、嬪の座にはそれぞれ一人ずつ、計四人の妃を後宮に迎えていた。

実家が豪族で、人一倍気位が高い、許《キョ》貴妃。

自治権を認めている南方の部族の長の娘で、同盟の証にと入内《じゅだい》した、潤《ユン》貴妃。

高官の娘で、現皇帝が即位した時に行われた選秀女によって選ばれた、華蓉《カヨウ》嬪。

そして今回亡くなった、燕《エン》妃。

智星は詛《ハン》妃として、燕妃の空席を埋めるような形で入内した。本当ならば盛大に祝われるはずの入内だが、燕妃が亡くなったこともあり、大変慎《つつ》ましく執り行われた。身分としては江家の親戚の娘ということになっている。

入内の儀を終えたその日の晩、一行は誑妃――智星に宛がわれた宮に集まっていた。

後宮には西に六つ、東に六つの宮があり、中央にある皇后の住まう宮を合わせて、計十三人の妃を迎える宮があった。左右の宮にはそれぞれ一月から十二月までの代表的な花の名がつけられており、智星には燕妃が亡くなった木蓮宮《もくれんのみや》の隣、山梔子宮《くちなしのみや》が与えられていた。

「本当にお綺麗でした！」

「素敵でしたー‼」

そう口々に智星を絶賛するのは椿と牡丹の二人である。彼女たちはきらきらとした目を向けて、彼を褒めそやす。

「美しい女性を褒めるのに人は『天女』という言葉をよく使いますが、私は今まで智星さんほどその言葉がふさわしい人に出会ったことがありません！　それぐらい素敵でした」

「ほんと、お姫様みたいでした！」

「他の妃の方も拝見しましたが、智星さんがずば抜けて一番お綺麗だったように思います。陰りを帯びた微笑が幾人もの男性を騙《だま》してきたようなのに、それでいて気品に溢《あふ》れていて。まるで、高貴という言葉をその身で体現しているかのようでした！」

「化粧もお上手ですよねぇ」

もちろん、語彙力が少ない方が牡丹である。

二人の賛辞に智星は困ったような顔で「ありがとう」と応じる。それを見るに、女装への嫌悪感はもうある程度吹っ切れているようだった。

「もちろん、花琳さまも素敵でしたよ！」

「可愛かったです！」

「……うん。ありがとう──……」

花琳は部屋の隅で膝をかかえ、小さくなりながら片手を上げた。頭を覆っている腕の隙《すき》間《ま》からのぞき見える顔色は、悪いを通り越して、真っ青になっている。

「大丈夫？　花琳ちゃん」

「聞いてない。私、あんなことするだなんて聞いてない……」

花琳は譫言《うわごと》の様にぶつくさ呟きながら、部屋の隅でさらに身を固くした。

彼女が精神的にへこんでいるのは、昼間にあった入内の儀が原因だった。

入内の儀とはその名の通り、新しく入る妃のお披露目の儀式だ。後宮の中央にある、何千人と集まれる大きな広場で、多くの女官と宦官、そして皇帝と妃たちに見守られ儀式は進行する。その入内の儀で花琳は誑妃の女官として傘持ちをさせられたのだ。

衆人環視のもとに晒《さら》される。引きこもりにとってこれほどの苦痛はなかなかない。

「せめて、せめて！　前日には知らせて欲しかった‼」

「前日に知らせたら、花琳ちゃん逃げそうだったからさ。ごめんね？」

「さすが智星さん」

「わかってますねぇ」

「味方がいないっ！」

わっ、と両手で顔を覆《おお》う。確かに前日に知らされていたら逃げていたかもしれないが、それでも事前に心の準備はしておきたかった花琳である。

智星は部屋の隅で俯く彼女の頭を優しく撫でた。

「でもま、これで人目につくような儀式は全部終わったからさ」

「本当ですか？」

「ほんとほんと。あとは事件をさくっと解決したら、それでおしまい。だからほら、元気を出して」

智星は花琳を見下ろしながら微笑を浮かべる。その顔に、彼女は目を見開いた。

白粉《おしろい》をはたいたきめ細やかな白い肌に、亜麻色の髪が滑る。細められた瞳は蠱惑《こわく》的で、まるで吸い込まれそうなほど。いつもより伸びた睫毛《まつげ》が目の縁を飾り、赤い紅が引かれた唇は薄く、上品だった。

その光景は、花琳に思いもよらぬ言葉を口走らせてしまうほど……。

「お姉さま……」

「花琳ちゃんも結構言うようになったよねー」

智星の顔に初めて青筋を立てた瞬間であった。

「それにしても飛耀さんたち遅いですねぇ」

椅子に座り、足をぶらつかせながら牡丹は呟いた。確かに、花琳がこの宮について結構な時間が経《た》っている。

部屋の中には花琳と智星、それと付喪である椿と牡丹しかいなかった。飛耀と正永の二人は、現在宮の周りを確認中である。

実は、花琳たちは今から木蓮宮に潜入予定だった。目的は燕妃が亡くなった部屋の付喪たちに直接事情を聞くこと。もしそれで燕妃を毒殺した犯人がわかれば、そこで調査はおしまい。あとは皇帝に調査の内容を報告するだけである。

「付喪たちが何か知ってるといいんですけど……」

不安げな花琳の肩を智星は叩く。

「ま、部屋で死んだのは確かみたいだし、何かしらは知ってるんじゃないかな」

「燕妃と一緒に亡くなっていた秀花《シュウカ》という女性は、妃の毒味をやられていた方なんですよね？」

椿の問いに智星は頷く。

「うん。入内する時に燕妃が故郷から一緒に連れてきた娘らしいよ？」

「じゃあ、どうして妃さまは死んじゃったんですかねぇ？　毒見役の方が亡くなっているということは、毒見はちゃんとしていたってことでしょうし……」

皇帝が話している時に顕現はしていなかったが、二人とも花琳の懐でちゃんと話は聞いていたようだった。

「どうしてなのかは俺にもわからないけど。盛られていたのが遅効性の毒で、毒味役が食べた後に妃も食べて二人同時に亡くなった、という筋書きならあり得なくもないかもね」

「遅効性の毒ですかぁ……」

「本来はそういうのを防ぐために、ある程度は時間を空けて妃に出すんだけどね。ま、普段から飲んでる飲み物とか菓子に関しては厳密に定められているわけじゃないから、どうしても隙は生まれるし。早めに持ってくるよう妃が言ったら、女官は逆らえないだろうしね」

確かに、自身の宮の中で、信用している者たちが淹れたお茶の一杯までも、厳密に調べるのは少々面倒かもしれない。それが毎日、日課で飲んでいるお茶ならなおさらだ。どんなに急いでいても毒味ぐらいは通すだろうが、遅効性の毒が隠れているかもしれないと考えて半刻も待とうという妃は少ないかもしれない。

「今回の調べで、せめて何に毒を混ぜたのかだけでもわかればいいんだけどね。それがわかれば、ある程度注意することだってできるし」

「そうですね」

「ま、俺としては今日で犯人までたどり着けちゃうのが一番なんだけどね」

「……が、頑張ります」

「頑張ってね」

いい笑顔を浮かべてはいるが、その顔には『早く解放されたい』と書いてある。妙な圧力を受け、花琳は困ったような表情で頰を掻《か》いた。


飛耀と正永が戻ってきてすぐ、花琳たちは木蓮宮へ潜入した。

智星は念のため山梔子宮の中で留守番だ。夜なのでおそらく誰も来ないとは思うのだが、一応念のためである。

本来なら妃が一人で宮にいるというのは不自然極まりないのだが、隠密《おんみつ》作戦中なので他の女官をそばに置いておくことは考えられず、だからといって主力である花琳を宮に置いていくわけにもいかず、こういう配置にせざるを得なかった。

明日になれば、皇帝の用意した女官が偽装のために智星のそばにいてくれるという話なのだが、それも日中だけの話だ。どちらにせよ夜はこの人間で回していかなければならない。つけられる女官は『協力しろ』とだけ言われていて、花琳たちが何をしようとしているかなんて、少しも知らないのだ。

木蓮宮に潜入した花琳は感嘆の声を上げる。

「さすが、妃の宮は違うんですねぇ」

豪華絢爛、美麗荘厳。

どんな言葉をもっても言い表せられないぐらい、木蓮宮は光り輝いていた。あらゆる調度品に金があしらわれており、全体的に華美。庶民である花琳からしてみれば、見ていて目が痛くなるほどである。

智星に与えられた山梔子宮に入った時も驚いたが、ここはそれ以上だ。特に、燕妃が亡くなったとされる寝室は、これで本当に気が休まるのだろうかと心配になるぐらいの派手さがあった。

「で、何か付喪になりそうなものはあるか？」

「ちょっと待ってくださいね」

飛耀の言葉に、花琳は寝室の中ぐるりを見回す。そして、「んー……」と微妙な声を出した。

「花琳ちゃん、どうかしたの？」

「いえ。まぁ、そういうこともありますよねー……って感じでして」

「どういうことだ？」

要領を得ない彼女の答えに、飛耀は眉間の皺を寄せる。

花琳は言いにくそうに、二人から視線を逸らした。

「……ないんですよ」

「何が？」

「ここには付喪が宿ってそうなものがないんです」

「はぁ⁉」

「何もないの⁉」

さすがの正永も身を乗りだした。付喪から有力な情報が得られないかもしれないという懸念はあったが、まさか付喪そのものがいないとは思わなかった。予想だにしない事態である。

「なんだか、ここにある全ての物がまだ付喪が宿る前といいますか。気配がまったくないんですよね」

「そんなことって、あんのかよ」

「あー、そうかー。そういうことねー……」

何かに思い至ったのか、正永は眉間を押さえたまま首を振る。

「なんか心当たりでもあるのか？」

「完全に盲点だったわ。飛耀ちゃん、今の陛下が即位されたのは？」

「……二年前だな」

「そう、二年前なのよ！　二年前‼　つまり、この後宮は二年前に一度、一新されてるの！　皇帝の代替わりと共にね」

「あー……」

正永の言わんとしていることがわかったのか、飛耀は間抜けな声を出した。

一人だけ要領を得ない花琳に正永は人差し指を立てる。

「あのね、花琳ちゃん。智星ちゃんの山梔子宮は違うけれど、基本的に宮に置いてある家具って妃自身が家から持ってきた物が多いのよね。家で使っていた物を持ってきた人ならまた状況は違ったんでしょうけど、燕妃は入内の時に全部作りかえちゃったのね」

「作りかえって……」

「入内する娘のために、親が見栄を張ったのよ。きっと」

花琳からしたら考えられない話だった。

物が付喪になることを知っている花琳だからかもしれないが、彼女は新しい物よりも古い物を好んで使っていた。自分が使っているものからわずかにでも付喪の気配がしたら、それはもう大喜びだ。引っ越しをするから家具を一新するだなんて、きっと思いつきもしない。

「つまりここに置いてある物の使用期間は二年。そんなものに付喪は宿ってないでしょう？　少なくとも、今は」

「……そうですね。二年じゃ少し厳しいかもしれないです」

相当思い入れのある物ならばわからなくもないが、普通は二年で付喪が宿るようなことはまずない。

「前みたいに建物自体に聞くことはできないのか？」

飛耀は部屋の中をぐるりと見回す。

花琳は首を横に振った。

「この宮は改築や改装等が多いみたいで……」

改築や改装を繰り返していると、どれだけ年月が経っている建物だろうと付喪化しにくい。それは前の事件の時にも経験済みだった。

「しかも、燕妃さまは流行にも敏感な方だったみたいですね。どれもこれも流行《はや》り物ばかりですよ」

「これじゃ、話を聞くのは難しそうですねぇ」

椿と牡丹の二人も、宮の中を歩き回りながら付喪が宿っていそうなものを探してくれているが、どうやら見つかりそうにはないらしい。

「んじゃ、どうするんだよ。こうなったらダメ元で人に聞き込みでもするか？」

「そうねぇ。いつどこで犯人にバレちゃうかわからないから、本当はそんなことしたくはないんだけど、仕方がないわよねぇ」

「……すみません」

申し訳なさそうな顔で花琳は頭を下げる。そんな彼女の背中を正永は優しく叩いた。

「花琳ちゃんが謝ることじゃないわよ！　とりあえず、ダメ元で他の部屋も当たってみましょ？　こんなに物があるんだもの。何か一つぐらいは付喪が宿っている物があるかもしれないわ！」

「はい」

しかしその後、一同の予想通りに、有力な情報を持っていそうな付喪は見つからなかったのだった。

◆◇◆

翌日、木蓮宮からめぼしい情報を得られなかった一行は、ばらばらに調査を進めることになった。飛耀と正永は下働きの女官と宦官から、智星は他の妃と妃付きの女官から話を聞いてみるという。

一方の花琳は、木蓮宮で唯一話を聞けた、巾着の様な小物入れの荷包《かほう》の付喪の話を頼りに、とある場所に来ていた。

「ここって……」

そこは、妃たちが住んでいる宮のさらに東。炊事場や洗濯場などの水回りが集まった場所だった。付喪の話だと、燕妃の毒見役だった秀花はよくそこに来ていたという。

(そりゃ、よく来るはずよね……)

下働きの女官たちが、妃や妃付きの女官が出した洗濯物を洗っている。その光景を見ながら、花琳はがっくりと肩を落とした。秀花がよくここに来ていたのは、きっと洗濯物を彼女たちに渡すためだ。

(本当はあの中に飛び込んで、話を聞くべきなんだろうけど……)

視線の先には、和気あいあいと話しながら仕事をする女官たちの姿。あの輪に加わることができれば、多少情報を得られるかもしれない。しかし――。

(やめとこう)

そんな勇気が花琳にあるはずがなかった。彼女より何倍も社交的な椿と牡丹がいれば多少は違っただろうが、今ここで彼女たちを顕現させるわけにはいかない。まだ子供がいない皇帝の後宮で、子供がうろうろしているのは不自然極まりないからだ。

(それに、私があの中に飛び込んでいくのは、なんだか違う気がするし)

同じように女官といっても、上下関係は存在する。一番上は妃付きの女官で、今の花琳の立場である。妃付きの女官は基本的に高官の娘で、皇帝の目にも留まりやすく、一夜にして妃付きの女官から妃に昇格することだってある立場だ。本人に自覚はなくとも、一応その立場にいる花琳が洗濯をしている彼女たちの中に入っていくのは、無駄に緊張させるだけだろうし、顰蹙《ひんしゅく》を買うだけだろう。

（もう帰って、おとなしく別の付喪を探そうかな……）

そう思い、踵《きびす》を返した時だった。視線の奥に小さな建物が見えた。

（あれ、なんだろう）

こじんまりとした古い建物だった。並び立つほかの建物は赤と橙を混ぜたような色を基調としているが、その建物の壁だけは白い。

花琳は吸い込まれるようにその建物へ近づいていく。そうして目の前まで来た時、急に後ろから声をかけられた。

「民《ミン》は今いませんよ」

「ひゃぁぁあぁ‼」

急にかけられた声に驚き、花琳は飛び上がる。そのまま後ずさりをし、壁に背中をぴたりとつけた。

声をかけてきたのは花琳と同じぐらいの年齢の女の子だった。ここにいるということは彼女も女官なのだろう。彼女は驚き慌てる花琳をまじまじと見て、首を捻った。

「あら？　貴女《あなた》もしかして、昨日入ってきた誼妃の……」

「あ……はい」

かろうじてそれだけ返した。飛耀たちと触れ合っていく中で、ずいぶんと人にも慣れたと思ったが、やはりまだ彼ら以外の人間は怖い。

花琳が頷くのを見て、彼女はぱぁっと顔を明るくさせた。そして、花琳をさらに壁に追い込む。

「やっぱり！　昨日見たわ！　私と変わらない年齢で妃付きの女官になれるなんて、すごい！　すごいわ！　今日はどうしたの？　民に用事？」

「い、いいえ。ちょっと迷ってしまって……」

「あぁ、そうよね！　昨日来たばかりだものね！　私でよかったら案内しましょうか？」

「いえ、結構……」

「そんなに遠慮しなくても大丈夫よ！」

「いえ、遠慮ではなく……」

「私、本来は繍房《しゅうぼう》——服とかを繕《つくろ》う係なんだけど、妃さまが少ないから仕事にあぶれちゃって！　今はここの手伝いをしてるの」

そう言って指すのは花琳が先ほどまで眺めていた、あの一つだけ白い建物だ。

「でも、ここも暇だから、よかったら案内させて！」

「えっと……」

「私の名前は紫芳《シホウ》。あなたは？」

「私は、私は……」

立ち上る陽の気がすごい。陰の気の権化である花琳は、紫芳の勢いに目を泳がせてしまう。早くここから立ち去りたくてたまらないのに、背中が壁でどうしようもない。

「えっと、あの！　失礼しました‼」

一か八か、紫芳の脇を通って逃げようとする。しかし、今日はどうにも運が無いようで、花琳は自分の穿いている裳を踏んづけて前に倒れてしまった。

「ふぎゃ！」

「えぇ⁉　大丈夫？」

驚いた紫芳が慌てて駆け寄ってくる。そして、手を差し伸べてくれた。

「貴女って意外とおっちょこちょいなのね。妃付きの女官なのに」

「あ、ありがとう」

こけてしまった恥ずかしさも相まって顔が上げられない。

花琳が立ち上がると、紫芳は彼女の頬を袖《そで》で拭《ぬぐ》った。

「頬怪我してるわよ？　……あれ？」

紫芳の袖に血が付く。しかし、それを拭った先の頬には傷なんてものはなかった。彼女は目を瞬かせる。その様子を見て、花琳は青い顔で慌てふためいた。

「わ、私！　その‼」

「口についてた紅だったのかな？　へへへ、血だと思っちゃった」

「あの……」

「改めて。私、紫芳。ここで女官やらせてもらってるの。よろしくね」

紫芳は満面の笑みで手を差し出す。

花琳は差し伸べられた手と彼女を交互に見て、おずおずとその手を握った。

「うん、よろしく。……楚花琳です」

「花琳、よろしく。わからないことがあったら、何でも聞いてね！」

彼女の明るい笑顔に、花琳もつられるように微笑んだ。


（疲れた……）

花琳はふらふらになりながら、山梔子宮に戻ってきた。

あれからいろいろ紫芳に後宮を案内してもらったのだが、後宮内が広い上に紫芳の歩は早く、のんびり者の花琳には骨が折れる所業だった。しかしそのおかげで、後宮の東側は大まかにだが把握できた。中央と西側はまだだが、また暇な日にでも案内をしてくれるらしい。

(付喪がいそうな場所も見ることができたし、明日ちょっと行ってみよう)

人に話を聞くことができないのなら、花琳は付喪に話を聞くしかない。木蓮宮は残念だったが、くよくよしていてもしょうがない。花琳には、引きこもり部屋を作るという使命があるのだ。こんなところでくじけてはいられない。

(引きこもるためには、少しぐらいの苦労なんて!)

引きこもるためには全力投球。それが、楚花琳である。

(それにしても、紫芳ちゃん話しやすかったな……)

花琳が引っ込み思案だからだろうか、ぐいぐいと引っ張ってくれる紫芳といるのは、苦痛ではなかった。むしろ楽しかったと言ってもいいだろう。最初の方は緊張していた花琳だったが、一時間も経つ頃には若干固いが普通に会話ができるようになっていた。普通の人からすれば当たり前のことかもしれないが、花琳にとってはすごい進歩である。

(夜にはみんな帰ってくるから、それまでは寝てよう)

もうすぐ日も沈む。木蓮宮も真っ赤に染まっていた。それぞれが帰ってきたら、そのあとは報告会だ。余力は残しておいた方がいいだろう。

花琳はあくびを噛み殺しながら山梔子宮の戸を開ける。そして、部屋に入った瞬間、目の前にいた人物に悲鳴を上げてしまいそうになった。

「帰ったな」

「どどどどど、どうしてこんなところに!?」

思わずその場で膝をついてしまう。

そう、山梔子宮で花琳を待っていたのは、皇帝だった。

いつも被っている冕冠はつけておらず、前髪は降ろしている。服も高そうな玉がじゃらじゃらとついた重そうなものではなく、身軽なものを着用していた。一見すると、本当にもうただの青年だ。

(な、なんで!?　お忍び!?)

いきなりの事態に、頭がうまく回らない。

皇帝は椅子に座ったまま、膝をついた花琳を見下ろす。

「私が私の後宮に来て、何が悪い」

「わ、悪いなんて、そんな滅相な！」

「口では言ってなくとも、お前の顔は明確に『迷惑だ』と語っておるではないか」

「そんなわけ……」

「それなら面を上げてみろ」

その言葉に花琳は頬を引き上げ、必死に笑顔を作る。皇帝はそんな彼女の顔を鼻で笑い飛ばした。

「三点。もう少し嬉しそうに笑え。それでは無理丸出しだぞ」

「……」

「五点。口角が上がったぐらいしか違いがわからん」

辛口採点に心が折れそうになる。

皇帝は必死に笑顔を作る花琳をにやにやとした顔で見つめた後、膝を打った。

「まぁ、馬鹿な遊びはここまでにしておくか」

(馬鹿な遊びって――)

どうやらおちょくられていただけのようだ。

普段は温和な花琳だが、これにはちょっとカチンときてしまう。

しかし、怒ることができないこの身分の差。

皇帝は花琳を見据えたまま口を開いた。

「私は燕妃の件の進捗を聞きに来たのだ。どうだ？　進んでおるか？　仙女の力は存分に使えておるか？」

「いえ、あの……実は……」

一瞬どうするか迷ったが、結局花琳は今までの進捗を素直に話した。嘘をついても仕方がないと思ったからだ。

話を聞いた皇帝は難しい顔で額を押さえる。

「花琳」

「……はい」

「お前の力、割と使えぬのだな！」

そう言って皇帝は肩を揺らしながら笑い出した。

花琳としては反論したかったが、実際に使えていないのだから仕方がない。

「申し訳ありません」

「まぁ、いい。人以外から話を聞けるというのは良いことだ。人はすぐ嘘をつくからな」

「嘘？」

「もしかして、付喪とやらも嘘をつくことがあるのか？」

意外にも興味津々《きょうみしんしん》の顔でそう聞かれ、花琳は戸惑ってしまう。

「えぇっと。確かにあまりいないかもしれないです。嘘をつく付喪がいないわけではないでしょうが、人に比べて素直だというのは確かだと思います」

「いいな。私も付喪と話をしてみたいものだ」

「しますか？」

花琳はその場で手を叩く。すると、皇帝の腰紐についた瑪瑙石《めのういし》が淡く輝いた。

そうして、皇帝の目の前に一人の男が降り立つ。

「おぉ、私か」

現れた姿に皇帝は目を丸くした。一ヶ月前に顕現した時は、瑪瑙石の付喪は前皇帝の姿をしていたからだ。

「姿を真似《まね》られているだなんて、陛下はよほどその石を大事にされておられるんですね」

「まぁ、父の形見だからな」

皇帝は瑪瑙石を優しく指で撫でた。

付喪の姿は時に一番大切にしてくれている人の姿をまねることがある。瑪瑙石の付喪が皇帝の姿を取るということは、彼がそれを大切にしているという証だった。

「しかし、自分が二人いるというのはなんだかちょっと気持ちが悪いな。姿を変えてもらうことはできるのか？」

「交渉次第ではないですかね。付喪の姿は移ろいやすいものですから」

瑪瑙石の付喪は、何を話すこともなく皇帝を笑顔で見つめている。優しい付喪なのだろう。それは見ているだけでわかった。

皇帝もじっと瑪瑙石の付喪を見つめる。

「でもまぁ、このままでも影武者として使えるかもしれんな」

「透けてますけど。そのあたりはいいんですか？」

「確かに透けていたら使えぬか！」

また肩を揺らしながら皇帝は笑った。

それまで、皇帝は怖いものだとばかり思っていた。しかし、実際の彼は花琳の想像よりもよく笑い、よく喋る。確かに怖いところもたくさんあるが、想像上の彼よりはとても接しやすかった。

「この透けているのを何とかする術はないのか？」

「私が触れれば、あるいは……」

「それなら、やってみてくれ。ほら、こちらに寄っても構わぬ」

はしゃいだ子供の様に手招きをされ、花琳はそばに寄った。そのまま腰紐の瑪瑙石を手に取ると、付喪の姿はより明瞭になる。

「おぉ……。これでは本当に見分けがつかんな」

「まだ少し透けてますが、遠くで見る分にはわからないかもしれないですね」

皇帝は瑪瑙石を持っている花琳の手を、その上から軽く握った。そうして、皇帝ではなく貴慧の顔で笑みを浮かべた。

「花琳。お前の能力は役に立たぬかもしれんが、とても面白いな」

「そう言ってただけたら、とても嬉しいです」

その時、入り口の方で人の気配がした。見れば、智星と飛耀の姿がある。そして、正永も遅れて入ってきた。彼らは花琳の手を握る皇帝の姿を認め、目を見開く。

「陛下!?」

「なんでここに……」

三人ははっとして頭を下げる。その瞬間、貴慧は瞬き一つで皇帝の顔に戻った。

「そうかしこまらなくても良い。私は調査の進捗を聞きに来ただけだ。あと、智星。その格好はやめろ。男丸出しだぞ」

「あ、はい」

「先に花琳からはある程度聞いた。それぞれ、今日調べてきたことを話せ」

その言葉に各々、今日調べてきたことを報告するのであった。


思った以上に話し合いは早々に終わった。木蓮宮が空振りだったのと、調査もまだ始めたばかりということもあり、報告する内容がそんなになかったからである。

今回各々が集めてきた情報で気になるところがあるとすれば、燕妃の人柄についてぐらいだった。

話を聞くところによると、燕妃は相当傲慢《ごうまん》で非道な妃だったらしい。地方の役所に勤める高官の娘だからか、皇帝の数少ない妃に選ばれたからか。彼女が傲慢だという噂はいつもそばで働く女官のみならず、宦官にまで轟いていたという。

特にひどい仕打ちを受けていたのは一緒に死んだ毒味役の女官——秀花で、彼女は毎夜燕妃の寝室に呼び出されては、説教を受けていたらしい。そして時には腕に焼きごてを押し付けられるような折檻も受けていたのだという。

秀花は燕妃と一緒に地方からやってきた元侍女らしいのだが、『燕燕《エンエン》様は変わられてしまった』と同僚の女官にいつも相談していたらしいのだ。

それ以外も、立場が一番下の女官に食事を与えないよう、秀花に指示を出したり。他の妃が『素行が酷いからやめるように』と手紙を送っても返信をしなかったり。嫌がらせの様にネズミの死骸を華蓉嬪の部屋に送りつけるようなこともしていたという。

皇帝もその噂を聞いて、一度だけ燕妃のもとを訪れたらしい。つい最近の話だ。

しかし、その時は知らぬ存ぜぬを通され、最後には『信じてくださいませ』と泣かれてしまったのだという。


花琳は先ほどまで行われていた報告会のことを思い出し、ほぉっと息をつく。

場所は山梔子宮の敷地内にある池の前だ。彼女は池の前にしゃがみ込み、湖面に映る星を眺める。

「なんか、今日は疲れたなぁ」

まさか皇帝が直接話を聞きに来るだなんて思わなかった。しかも帰り間際に『また来る』と言って帰っていったので、本当に明日にでもまた来そうである。正直来て欲しくはないのだが、そうは言えないところがまた辛いところだ。

花琳たちは明日から全員で燕妃を恨んでいた人物や、殺す動機のあった人物を探ることになっていた。殺した方法や毒の種類なども気になったが、これだけ恨まれてそうな妃なのだから、犯行動機から攻める方が手っ取り早いのではないかという話になったのだ。

（でも、今日聞いた感じだと燕妃のこと恨んでる人、いっぱいいそうだなぁ）

犯人の候補はあがりそうだが、その数を考えると頭が痛くなる。憂鬱《ゆううつ》な気持ちに拍車がかかった。人が亡くなっている話だというだけで気が重いのに、さらにここから時間がかかりそうだと思うと、もう本当に逃げ出したくなる。

「花琳」

ため息をつくのと同時に背中に声がかかり、花琳は振り返った。見れば、後ろに飛耀がいる。

「あ、飛耀さん」

「よ」

花琳は飛耀に合わせるように立ち上がった。

「今日はなんだか疲れちゃったので、ここで休んでました」

「そうかよ」

「飛耀さんはどうでした？　明日からの聞き込みとかうまくいきそうですか？」

「まぁ、なんとかなるだろ」

飛耀の返事はいつも以上にそっけなかった。いつもなら『うまくいくもなにも、うまくいかせねぇと駄目だろうが。お前もちゃんと話を聞いて来いよ！』ぐらいは言いそうである。

（もしかして、一人でゆっくりしたいのかな）

山梔子宮は五つに部屋がわかれているのだが、その中で寝泊まりに使えるのが妃の部屋と、夜勤の女官の部屋だけだった。花琳はその中の女官の方を借りており、男三人は妃の部屋で寝泊まりしているのだ。いくら妃の部屋が広いといっても、男三人で一つの部屋というのは少々息苦しいのかもしれない。それならば、一人部屋を与えてもらっている花琳の方が気を利かせるのが道理だろう。

「あの。私、先に戻ってますね」

「おい」

「え？」

帰ろうとした瞬間、急に腕を取られた。驚き固まっていると、今度はいつもより低い、怒ったような声が耳朶《じだ》に届く。

「今日俺たちが来る前、陛下と何をしてたんだ？」

「何をって……」

「手握って、何してたんだよ」

手首を握っていた手が手のひらに伸びて、指が絡まった。ごつごつした指の節や、手のひらの固さに、なぜか体温が急上昇する。暗くて見えていないだろうが、頬だって赤くなっているに違いない。

花琳は慌てて飛耀の手を振り払った。

「ひ、飛耀さんには関係ないじゃないですか！」

その言葉に飛耀は目を見開いて少し固まった後、明らかに不機嫌そうに眉を寄せた。

「そうかよ。悪かったな、関係ないこと聞いて」

花琳はその言葉にどう答えていいのかわからず、そのまま彼に背を向けて部屋に逃げ帰っていった。

第三章　後宮の闇

花琳たちが後宮に潜入してから早五日。

「もうヤダ。今日はお外出たくないぃぃぃぃぃ‼」

花琳は久々に引きこもりの発作を起こしていた。自室の布団で丸くなりながら、起こそうとする椿と牡丹に彼女は必死で抵抗する。

「来る日も来る日もあんなに人の多いところ歩き回って、もう限界‼　お休みが欲しぃ‼　お休み‼」

「そんなこと言われても、この事件が終わるまでお休み取れるわけないじゃないですか」

「ですです！　お休みが欲しいなら、さっさと解決するべきですよぉ」

「でもー！」

花琳だって解決できることなら、さっさと解決したい。彼女には引きこもり部屋を作ってもらうという夢があるのだ。けれど、肝心の宮に付喪はいないし、人見知りのせいで女官に話しかけることもできない。おまけに宮以外の付喪に『燕妃のことを恨んでいる人物』を聞いてみても、数だけ出てきて絞れやしないのだ。というか、どれだけ恨まれているんだ、燕妃。

　こうなってはもう、花琳では完全に力不足である。

　椿と牡丹は布団の両側を持って、花琳から無理やり布団を剥《は》がした。

「あぁ！」

「確かに木蓮宮には付喪は少なかったですが、それ以外の場所には普通に付喪いるんですから、話を聞いて回ればいつか取っ掛かりが掴めますよ」

「そうですよぉ。それに今日は紫芳さんとお約束してるんじゃなかったですか？」

「そうだけど……」

　あれから紫芳とはちょくちょく会っていた。後宮のことを何も知らない花琳のために、彼女はいつも案内役を買って出てくれる。しかも彼女はなかなかに情報通なのだ。

　今日は木蓮宮や山梔子宮がある東側ではなく、西側の方を案内してもらう予定になっていた。

「ほら、こちらでも飲んで気分を変えてください」

「これは？」

「生姜湯ですよ」

　椿が差し出してきた湯呑を受け取る。ほのかな甘い香りが鼻腔をくすぐった。口をつけると飴を転がした時のような甘みが広がり、そのあとに生姜特有の辛みがやってくる。少しトロっとしているが、飲みやすいし、体が温まってくる。

「おいしい」

「それはよかったです。ちょうど智星さんが他の妃から蜂蜜をもらったらしくて、分けてもらったんですよぉ」

そう言って、牡丹は蜂蜜を見せてくれる。

「後宮で流行っているみたいですね、蜂蜜」

「へぇ」

先日行った木蓮宮の台所にも蜂蜜があったことを思い出す。牡丹が持っているものよりも少し赤みがかかった蜂蜜。どうやら本当に流行っているようだ。

「智星さん、もう他の妃と仲良くなってるみたいで、他にもいろいろもらってきてますよ！香炉《こうろ》とか、鼻煙壺《びえんこ》とか、生きたままの雉《きじ》とか」

「雉⁉」

花琳はひっくり返った声を上げる。

「食用ですけどね」

「智星さんお綺麗ですし、先日陛下の夜渡りもあったので、陛下の寵愛を受けてるんじゃないかって噂されてるみたいですよぉ。まぁ、あからさまな賄賂ですね！」

夜渡りというのは、先日皇帝が部屋に来た件だろう。確かに綺麗な妃が入内してすぐお手付きになったのだ。そういう想像をするものがいてもおかしくない。皇后がいない今、後宮で一番権力を持つのは皇帝の子を妊娠した妃ということになるのだ。夜渡りがあった詛妃はその第一候補ということだろう。

「陛下、あんまり後宮に来ないみたいで。夜渡りなんて超珍しいみたいですよ。だから余計に変な憶測が流れてるみたいで」

「智星さんの前に訪れたのが燕妃らしいです」

あまりの醜聞に皇帝自ら注意しに行ったという、あの一件のことだろう。

それならば、夜渡りであって夜渡りではない。

「話を聞いた時から思ってましたけど、陛下って後宮に興味ないですよねぇ」

「まぁ、今回も高官の娘が亡くなったから本腰入れたってだけみたいですよね。燕妃自身には興味なさそうでしたし」

花琳はそんな二人の会話を、生姜湯を飲みながら聞く。

「なんか二人とも、私よりいろいろ知ってない？」

「そりゃ、私たちも道すがら付喪たちに話聞いてますから！」

「夜も暇ですからね。まぁ、本体がこの部屋にあるので行動の制限はありますが」

もしかしたら、こと情報収集においては花琳よりこの二人の方が優秀なのかもしれなかった。

「それよりも、飲み終えたのなら早く支度してくださいね」

「そろそろ飛耀さん来られますよ。いいんですかぁ?」

「そ、それはよくない! 困る!」

花琳は慌てて立ち上がる。支度をし始めた彼女を見ながら、「最近この台詞、効果てきめんですね」「ですねぇ」と二人は顔を見合わせた。


後宮の西には水剌間《すらがん》と呼ばれる王の食事を担当する宮廷内の厨房と、王や妃の世話をする至密《しみつ》、縫房と呼ばれる皇帝や妃の衣類を縫う部署などが存在していた。

紫芳にそのあたりを案内してもらいながら、花琳は小さくため息をつく。

頭の中をめぐるのは数日前の飛耀とのやり取りだ。


『手握って、何してたんだよ』


怒ったような低い声と、男性らしいごつごつとした節くれだった指を思い出し、花琳の体温は少し上がる。父である景世の手のひらとも違う、剣を握る男の人の手だ。

(なんであんなこと……)

飛耀が何故あんなことをしてきたのかよくわからなかった。皇帝と手を握り合うだなんて不敬だからやめておけという忠告なのかとも思ったが、雰囲気的にそれもどうも違うような気がして。けれど、ならばどうしてあんな風に指を絡ませてきたのか、怒っていたのか、その理由はまったく思いつかなかった。

翌朝にはいつも通りの彼に戻っていたが、それを助かったと思う反面、自分だけ混乱している事実を理不尽だとも思ってしまった。

「花琳、今日は一段と疲れてる顔してるのね」

「え！　そ、そうかな？」

気がそぞろだったのがバレてしまったのだろう。花琳は頭の中の飛耀を追い出すように頭を振り、笑みを顔に張り付けた。

「そうよ。さっきから何を言っても生返事ばっかりだなんだから！」

「あはは、ごめん」

花琳は申し訳なさげに頭を下げる。彼女は自分のために時間を取ってくれているのだ。なのに花琳自身に身が入っていないというのはどうかと思う。

「花琳のために案内してあげてるのにー。まぁいいや。次どこ行きたい？」

「えっとね。もうちょっと古い物とかあるところに行きたいんだけど……」

「……花琳、ちょっと前から思ってたけど、貴女って何か調べてるの？」

「え？」

馬鹿正直に体が跳ねた。それを見て紫芳は「嘘が下手なのねぇ」と呆れたように笑う。

「だって、どこ紹介しても貴女、変な注文ばかり付けるんだもん。さっきみたいに『古い物が置いてある倉庫とかないか』とか『女官たちがたくさん集まる場所ってどこ』とか『噂話に一番精通してるのって誰かな』とか。おおよそ妃付きの女官がする質問じゃないわよ、それ」

「……」

冷や汗が流れる。紫芳の話しやすい雰囲気に流されるように、聞きたいことは何でも聞いてしまっていたが、それが仇となった。花琳たちが燕妃の件を調べていることは、当たり前だが他言無用である。

花琳は必死で言い訳を考える。しかしながら、もう何年間も付喪以外と交流を持っていなかった花琳の頭は咄嗟《とっさ》のことに、いい言い訳を思いついてくれない。

「えっと……」

「もしかして、燕妃様の不審死のこととか調べてる？」

表情が固まった。もうどうやってこの場を乗り越えたらいいのかわからない。

紫芳はそんな花琳の様子を見て「やっぱり嘘が下手なのねぇ」と笑った。そして、そのまま続ける。

「でもまぁ、当然か」

「えっと……」

「花琳も、実は燕妃様が毒殺されたっていう、例の噂を聞いたんでしょう？　発表では『病死』って言われてるけど、明らかに怪しいものね。妃付きの女官なら、妃さまのために変な噂は調べておきたいわよねー」

紫芳は勝手に『花琳は妃のために燕妃のことを調べている』と解釈してくれたようだ。

その勘違いに花琳は胸をなでおろす。確かに、こんなのろまそうな女が皇帝の命を受け、不審死の謎を調べに後宮に潜入しているだなんて誰も思うまい。

「実はそうなの。燕妃様が亡くなった木蓮宮と山梔子宮が近くて、ちょっと怖くなっちゃって……」

花琳の同意に紫芳も頷いた。

「そうよね。こんなところに来たんだから、そういうことを警戒するのは当然よね」

「こんなところ？」

「後宮のこと。ここってあんまりいいところじゃないでしょ？」

花琳はその言葉に目を瞬かせる。

「そうなの？」

「『そうなの？』って、……何も知らないで入ってきたの？」

花琳は首を縦に振った。その反応に紫芳は、ダメだこりゃと言わんばかりに首を振る。

「後宮はさ。なんていうか、こう、ドロドロしてるのよねー」

「ドロドロ？」

「嫉妬や妬みは当たり前だし、上下関係がしっかりしてるから何かあったら虐められるし。ひどい妃さまに当たった時は背中の皮が全部剥がれるまで鞭打ちだって……」

「ひぇっ！」

「それぐらいで青くなるなんて、あんたのお妃さまってずいぶんと優しいのね」

青い顔でひっくり返った声を出す花琳を見て、紫芳は笑う。

「いやまぁ、智星さんは優しいですけど。背中鞭打ちって……」

「チセイサン？」

「……何でもないです」

口から秘密がぽろぽろと零れる。花琳は慌てて口を押さえた。今回のことで痛感したが、自分はおそらくこういう隠密の仕事は向いていない。馬鹿正直すぎる。

「まぁ、何もないならそれが一番よね」

「紫芳ちゃんは何かあったの？」

紫芳の言葉に何か含みを感じた花琳は、そう聞いてみた。

「私？　まぁね。いろいろあったわよー」

「いろいろ？」

「私、十二歳の時にここに来たのよね」

「十二⁉」

いろいろと詳しいので後宮生活も長いのだろうと踏んでいた花琳だったが、まさか十二歳の時からここにいたというのは予想外である。

「ちょうどその時に両親が流行り病で亡くなったから、食い扶持求めてね。父の友人がちょうど伝手《つて》があって、入れてもらったの」

紫芳の目はそっと伏せられた。

「私ぐらいの幼さで入る子ってなかなかいないから、みんな優しくしてくれたんだけどね。でも、それ以上に面倒くさいことにも巻き込まれちゃって」

「面倒？」

「当時、私の世話をしてくれていた姐さんのことを好きな人がいてね。まぁ、いうなれば、嫉妬されちゃったってわけ」

「え？　嫉妬って。今出てきてる登場人物全員女の人だよね⁉」

「そうよ。でも、ここではよくあることなのよ。女官同士で恋愛って。皇帝様しか相手にしちゃいけないのに、皇帝様に相手にされるのはほんの一握りだもの。そりゃ、そうなっちゃうわよ。あとは宦官の人と……って人もいるわね。聞くところによると、宦官同士ってのもあるらしいわよ」

「へぇ……」

まったくもって知らなかった世界である。男女の恋愛も未知数なのに、同性同士の恋愛なんて想像もできない花琳である。

「ま、誰だって、想いあった誰かと同じ時間を重ねていきたいって思うもの。それが男性であれ女性であれ、ね」

「同じ時間かぁ」

「ま、それで私は、嫉妬からその人たちに虐められるようになっちゃったんだけど。ある日、階段から突き落とされて足の骨折っちゃったんだよね」

「えぇぇぇぇ⁉　だ、大丈夫？」

花琳は紫芳の言葉に視線を落としておろおろし始める。それに彼女はふき出した。

「大丈夫よ。何年前の話だと思ってるの」

「そ、そうだよね」

「でもまぁ、それで民と出会えたからよかったんだけどね」

「ごめん、民さんって誰だっけ？」

知らない名前に、花琳は首をかしげる。

「あれ、ちゃんと説明してなかったっけ？　民はこの後宮のお医者さんなの。花琳と出会った建物があったでしょ？　あそこが内医院《ウチイイン》よ。ここには内医院は四つあるんだけど、民はその中の一つを任されてるの。私はそこで手伝いをさせてもらってるってわけ」

「そうなんだ」

「当たり前なんだけど、民は物知りでさ。私が足の骨を折って動けない間、一緒に暮らして読み書きを教えてくれたんだ。だから私が今文字を読めたり書けたりするのは民のおかげ。その他にもいっぱいいろんなこと教えてもらったのよ！」

「へぇ。いい人なんだね」

「いい人よ。優しいし、お父さん……お兄ちゃん、みたいな感じかな？」

そういう紫芳の顔は少し嬉しそうだった。その顔を見ているだけで、彼女がどれだけ民を慕っているかわかるかのようだった。

「ねぇ、花琳。今日はちょっと特別なところに連れて行ってあげようか？」

「特別なところ？」

「うん。私の秘密の場所、教えてあげる」

紫芳は笑いながら花琳の手を引く。彼女に引きずられるように花琳は足を動かした。

たどり着いた場所は、空き地を利用した小さな畑だった。きちんと耕してあるその畑にはいくつもの手入れの行き届いた植物が植えてある。奥には何に使うのかよくわからない木箱のようなものもあった。

「わぁ、すごい！　これ、紫芳ちゃんが？」

「うん。使われなくなった畑を貸してもらってるのよ。実はここにあるのは、薬の材料になる植物たちなの。といっても、私は医者じゃないから許可がいらないものばかりなんだけどね。だから効能は弱いし、あんまり役に立たないものも多いんだけど……」

そう言って紫芳は照れたように笑う。

「植物を植えるのに許可がいるの？」

「うん。薬の材料になるようなものはね。後宮の医師は薬師の役割もするから、薬草を育てたりもするの。もちろん薬は毒にもなるから許可制で、後宮では医者しか扱えない決まりなのよ。でも、許可を得て育てても管理を徹底しないといけないから、薬は外部の薬師《くすし》に頼っている人が多いわ。生成してもらった薬を管理する方が圧倒的に楽だもの」

やはりこういうことに関しては詳しい。さすが、医者の手伝いをしているだけのことはある。

「だから、これは完全に私の道楽、趣味って感じかな」

道楽というには植物たちはちゃんと育っている。目の前で元気に空を目指す植物たちを見て、花琳は『祭具管理処』の小さな畑を思い出した。耕すだけ耕して、後は放置になっているあそこである。

「紫芳ちゃん、私にも今度植物の育て方教えてくれる？」

「え、いいよ？　何か育てるの？」

「実は自給自足を始めようと思いまして……」

花琳の言葉に紫芳はぶはっ、とふき出した。

「なにそれ！　後宮で自給自足始めようと思ってるの？　花琳って面白いわねっ！」

腹を抱えて笑う。どうやらツボに入ったようだ。

「いいよ、教えてあげる。その代わり、出来た野菜は私にも食べさせてね」

「そ、それはもちろん！」

「それじゃ、約束」

「え？」

突然小指を出されて花琳は狼狽《うろた》えた。こんな風に誰かと約束を交わしたことなんて今までない。視線をさまよわせていると、彼女は花琳の手を持ち、小指同士を絡ませてくる。

「約束」

「……うん」

はにかみ頷くと、紫芳はさらに嬉しそうに頬を引き上げた。

「あ、そういえば、思い出した。花琳って燕妃様のこと調べてるんだよね？」

「うん」

「一人だけ知ってるよ。燕妃様をを殺したいほど恨んでた人」

思いもよらぬ情報に花琳は目を見開いた。

「嶺依《リョウイ》ねぇ」

「はい」

その夜、花琳は山梔子宮で智星たちに、紫芳から聞いた話をしていた。

嶺依は姉妹で後宮に勤めていたらしいのだが、姉の陽紗《ヨウシャ》は去年亡くなっていた。その原因というのが燕妃による度重なる虐めだったらしい。燕妃はお付きの女官に指示して陽紗の食事を抜いたり、焼きごてをあてたりして、彼女を苦しめていたという。

その頃の嶺依は華蓉嬪に仕えており、同じ後宮にいながら姉とはあまり会っていなかったという。姉の死後、虐めを知った嶺依は激怒。燕妃を問い詰めたらしいのだが、女官が勝手にやったことだとまったく取り合ってくれなかったらしい。

話を聞いた正永は眉を寄せながら頬に手を当てた。

「その『お付きの女官』って、一緒に亡くなった秀花のことでしょう？　彼女もかわいそうよねぇ。同僚の食事なんか抜きたくなかったでしょうに……」

いつも冷静沈着な智星もどこか悲しそうである。

「それが関係あるのかわかりませんが、秀花は亡くなる一ヶ月ほど前から『死んだはずの人間が見える』って騒いでいたらしいですよ。もしかしたら、陽紗のことを悔やんで心を病んでいたのかもしれませんね」

「ひどいです！」

「最低です！」

智星に続いて椿も牡丹も頬を膨らませながら声を上げた。これには二人とも相当気分を害しているらしい。

「わかってはいたけれど。ほーんと、燕妃って敵を作りやすい性格なのねぇ」

「性格で済ませていい問題じゃねぇだろ、それ。俺が聞いた限りだと、殺すほどじゃないにしても燕妃を嫌っていたやつは相当いたみたいだし。これからもどんどん燕妃を恨んでるやつ出てくるぞ。どうするんだよ？」

燕妃の悪評に、さすがの飛耀も呆れ顔だ。智星は顎を撫でながら「うーん」と漏らす。

「どうしよっか。もう仕方がないから、木蓮宮だけじゃなくて、妃が住む全部の宮調べてみる？　犯人が宮の中にいる女官なら、それで何かしらわかるでしょ」

「それはそうかもしれないですけど。でも、そんなことできるんですか⁉」

花琳の問いに智星は胸を叩いた。

「任せて。俺にちょっと考えがある」

その日の夜。智星から作戦を聞いた花琳は、木蓮宮から持ち出した荷包の付喪に再び話を聞いていた。作戦を実行する前に、何かわずかでも得られるものがあるかもしれないと考えたからだ。

荷包の付喪は生まれたばかりらしく、まだうまく話せない。形は不安定ながら小さな大熊猫《パンダ》のような形を取っていた。人間でいう赤子と一緒の状態である。

記憶も飛び飛びで、あまりしっかりと覚えていないようだった。

それでも花琳はめげずに話を聞く。

「ねぇ、本当にもう覚えていることとない？」

「おぼえてること？」

「秀花さん、あなたのこと、ずっと持ち歩いてたんでしょう？　何か知らない？」

「うーん……あっ！」

何かを思い出したかのように荷包の付喪は声を上げる。

「何か思い出した？」

「えっと……二人はよく口げんかしてたよ！」

「二人って、秀花さんと燕妃様？」

こくんと大熊猫が頷く。

「なんで言い争っていたかはわかる？」

「それはよくわからないけど。なんか、『こんなことやめて』ってずっと言ってた。何回も！」

「それは、秀花さんが？」

今度は首を横に振る。

「違う。ご主人様ではないよ。言っていたのは、妃さまだったと思う」

「え？」

花琳はその言葉に目を見開いた。

◆◇◆

それから三日後、作戦は実行された。

作戦内容は簡単だ。皇帝に協力してもらい、妃を全員呼んだ大規模な食事会を開いてもらう。そうして妃と大部分の妃付きの女官が集まっている隙に各宮内を調べるのだ。

もちろん全員出払っていない宮もあるだろうから、その辺は気をつけなければならない。

家探しする宮内は三つ。西の睡蓮宮《すいれんのみや》と葵宮《あおいのみや》。それと、木蓮宮の隣にある石榴宮《ざくろのみや》である。

「どうか家財を大切にする人でありますように！」

花琳は出発前に手を合わせる。それを見ながら正永と飛耀は苦笑いだ。

誰かに見られてもいけないので椿と牡丹は顕現させられないが、消えた状態で手伝ってもらう予定である。

食事会開始の銅鑼《どら》が鳴る。それが鳴ったのを確認して、花琳たちは飛び出した。

「うーん。やっぱりめぼしい話は聞けないわねぇ」

二つ目の宮を出た後、正永は顎を撫でた。石榴宮も睡蓮宮も付喪はいたのだが、どの子も燕妃や毒についての有力な情報は持っていなかった。残すところは嶺依のいる葵宮だけである。

「でも、最後のが一応本命なんだろ?」

「そうだけど、この調子じゃ望み薄そうよね」

落胆しているような二人に花琳は頭を下げた。

「なんか今回はあまり役に立ててなくてすみません」

「気にすんな」

「そうそう。こういうこともあるわよぉ」

そもそも花琳の能力はそんなに使い勝手がいいものではないのだ。年月を経た物と意思疎通ができる。それだけのものなのである。

「でもま、最後だし気合を入れていかなきゃいけないよな」

「そうね」

葵宮の前に立った三人は目を合わせる。警備に当たっている宦官は皇帝の指示で今はいなかった。あとは女官が何かの拍子に戻ってこなければ無事調査を終えられる。

花琳は胸元に手を置いた。そこには椿と牡丹の本体が入っている。

「二人とも、お願いね」

『あいあいさー！』

『見張りは任せてください』

花琳にしか届かない声でそう応じる。

それを聞いて三人は葵宮に潜入した。

◆◇◆

（ここが一番、何もねぇな）

飛耀は部屋の中を見回しながら、そんな感想を思い浮かべた。

葵宮はほかの宮に比べてこざっぱりとしていた。一番格が低い嬪の宮だからだろうか、部屋の中も広いが簡素にまとめられている。よく言えば余計な物がなく、悪く言えば質素だった。

花琳が部屋の中心でいつものように手を叩く。すると、黒い影があちらこちらから浮かび上がり、彼女のもとへやってくる。小さな鼠のような可愛いものから、人型のようなものまで様々だ。

「ここはどこよりも付喪が多そうね」

「物を大切にしている人は好感が持てますね！」

正永に続き、花琳は嬉しそうに微笑んだ。そうして膝をつく。すると、まるで餌を求める猫の様に、花琳の周りに付喪たちは集まってきた。

その光景を、正永と飛耀は黙って見守っている。

「この目で見るまでは正直信じられなかったわよ、仙女なんて。牡丹ちゃんも椿ちゃんも、どこからどう見ても普通の人間だし。花琳ちゃんも別に神々しいってわけじゃない普通の女の子だったしね」

「ま、それはそうだな」

飛耀も最初は花琳の力なんて信じてなかった。実際に見るまで彼女の力は詐欺《ペテン》かなにかだと思っていたぐらいだ。

「でも、花琳ちゃんがああやって好かれる理由はわかる気がするわぁ。ほんと、いい子だものね。ちょっと変わってるけど」

「まぁ、そうだな」

飛耀は花琳に視線を移す。彼女は付喪たちの中心で頷きながら話を聞いていた。

人と話す時よりも楽しそうなその表情に、少しだけ苦笑が漏れる。

「私ね。あんな風に自然に私自身を受け入れてもらったのは初めてだったのよ。ほら、飛耀ちゃんも智星ちゃんも、私が女の格好するの、最初は嫌がってたじゃない？」

「そりゃ、目標にしていた兄貴分がいきなり武官やめて女の格好しだしたら、びっくりするだろ」

「智星ちゃんなんか、本気で憑き物疑ってくるしね。もぅ、やんなっちゃう！」

そういいつつも正永は楽しそうに笑っている。

「だからまぁ、花琳ちゃんには幸せになってもらいたいのよね」

「……そうだな――ぃっ！」

瞬間、飛耀のつま先に痛みが走った。見れば、正永が飛耀の足を踏んでいる。

「だからマジで泣かせたら怒るわよ。こちとらあんたらに対する庇護欲より、花琳ちゃんに対する庇護欲の方が強いんだからな」

「戻ってる！　戻ってるぞ、正永‼」

正永は咳ばらいをすると、「あらやだ」と可愛らしい声を出した。

「もう、飛耀ちゃんがいろいろとやきもきさせるからダメなんじゃない」

「……んなに、俺はわかりやすいのかよ」

何も言っていないのに気持ちを見透かされているのが嫌なのか、飛耀は面白くなさそうに眉を寄せた。

「飛耀ちゃんは智星ちゃんと比べて根が素直だもの。でも、ちゃんとはっきりさせなさいよ。一応は応援してるんだからね！」

その言葉に飛耀は花琳の方を見て、少し間を置いた後ため息をついた。

「俺はいつだってはっきりしてるだろ……」

「何か言った？」

「何でもない」

そう乱暴に返したその時だ。

「皆さん大変です！」

いきなり二人の目の前に椿が現れた。

隠れているはずの彼女が姿を現すということは、緊急事態ということである。

「葵宮の女官がこちらに戻ってきています。今すぐ隠れるか、逃げるかしてください‼」

「何人？」

「三人です。華蓉嬪様が急に琴を演奏することになったみたいで、取りに来ています！」

「距離は？」

「十丈もありません」

「わかったわ。私はちょっと足止めをしてくるから、その隙に飛耀ちゃんは花琳ちゃんをお願い」

「あぁ。──花琳、行くぞ」

「あ、はい。ひゃぁ！」

乱暴に担ぎ上げると、花琳は甲高い声を上げながら目を回す。

「正面から出るのは得策じゃないな。っても壁は……」

飛耀は花琳を担いだまま庭に出て壁を見上げた。身長の二倍はありそうな壁である。

「俺一人なら何とかなるが、花琳抱えてとなるとな」

「そ、それなら私を降ろして飛耀さんだけでも！」

「意味のわからんことを言うな。なんのために俺と正永が付いてきたと思ってんだよ」

「で、でも‼」

「大丈夫だ。ま、なんとかなる」

飛耀は宮の裏に回った。そして、壁と建物の間に花琳を押し込み、自身も身を潜ませる。

「こんな場所に二人って！　せ、狭くないですか⁉」

「狭いに決まってんだろ。ほら、寄れ」

「あ、あのっ‼　これはさすがに」

「しっ──」

飛耀が人差し指を立てた次の瞬間、話し声が聞こえてきた。

思わず声を上げそうになる花琳の口元を、飛耀は手で覆う。

「いいから黙ってろ。大丈夫だから」

耳元でそう言うと、花琳は急におとなしくなった。それどころか、まるで時が止まったかのように、ぴくりとも動かなくなってしまう。彼の胸元を掴んでいる手も、固く握ったまま硬直してしまっていた。

そんな彼女の反応を疑問に思いつつも、飛耀は周りを警戒する。

(バレてはいない、みたいだな……)

しばらくその状態で凌《しの》いでいると、目的の琴を見つけた女官たちは花琳たちに気づくことなく、宮から出ていってしまう。人の気配が遠ざかったのを確認して、飛耀はほっと息をついた。そして、花琳の口元を押さえていた手も外す。

「おい。もう大丈夫だぞ」

「あ、はい！　す、すみません！」

花琳は妙にひっくり返った声を上げた。不審に思い覗きこめば、彼女の顔はまるでゆでだこのように真っ赤に染まってしまっている。そして、飛耀と目が合った瞬間、これ以上赤くならないだろうと思っていた顔がさらに赤くなった。というより、爆発した。

(これはまぁ、……そりゃぁな)

飛耀は改めて自分たちの状態を見た。

意識するなという方が無理な距離だ。身体同士は隙間なくぴったりとくっついているし、互いの吐息だって感じ取れる。緊急事態だったとはいえ、恋人同士でもない未婚の男女が取るには、ちょっと不適切な距離だろう。花琳がどぎまぎしてしまうのも無理はない。表情にこそ出してはいないものの、飛耀だってこの体勢には思うところがある。

（にしても、嫌がらないな……）

赤くなってはいるし、固くなってはいるものの、花琳の顔には嫌悪感はまったく見て取れなかった。それどころか彼女の手は、未だに縋るように飛耀の胸元を掴んでいる。

試しに身体を少し離してみても、花琳の手は離れない。それどころか無意識に自身の方へ引き寄せようとしてくる始末だ。それはまるで離れて欲しくないと言っているようで、なんだかちょっと居た堪れなくなってくる。

「そういう事ばっかしてると、いいように取るぞ」

「へ？」

「……なんでもない」

無意識の行動に何かを期待しても仕方がない。

でも時折思うのだ。無意識にでもこういう反応を見せてくれるのならば、彼女も自分のことを憎からず思ってくれているのではないか、と。

けれど、現実の彼女は何も言わないし、何もしてこない。

（これでも俺が悪いのかよ）

正永は『はっきりしろ』なんて言っていたが、飛耀としてははっきりしているつもりなのだ。求婚まがいのことまでしたし、特別にだって扱っているつもりだ。人がいる手前、あからさまなことはしてないが、それだって花琳のためを思ってである。

（はっきりしねぇのはこいつの方だろ）

こんな風に赤くなったり悪くない反応を見せるくせに、皇帝と手を握っていたり、飛耀を避けたりする。別に返事を急がせるつもりはないが、こうも自分ばかりが責められるのは納得がいかないものがあった。

花琳は未だに硬直したまま、おろおろと視線をさまよわせている。飛耀とこうしているのが嫌なら逃げればいいのに、その気配もない。

「そんな固くならなくても、別に同意もねぇのに変なことしたりしねぇよ」

先ほどの気持ちが乗ったのか、語尾がいつもより少しだけ荒くなる。花琳は飛耀の声に身体をびくつかせると、未だ赤い顔で彼を見上げた。

「ど、同意があったら、変な事するんですか？」

「は？」

「同意があったら――って……。へ、変なこと聞きました！　すみません！」

純粋な疑問が口をついて出ただけだろう。彼女は赤かった顔をさらに赤くして頭を下げた。

（こいつ……）

そういう彼女の無神経なところが癪《しゃく》に障《さわ》る。あんなの、相手によっては勘違いされる台詞だ。それを自分に気持ちを向けている相手に言うだなんて、不用心にもほどがある。

飛耀は花琳を壁に押し付けたまま声を潜ませた。

「同意してみろよ。教えてやるから」

その瞬間、花琳の目が大きく見開いて、息をつめた。目の縁にじわりと涙がたまる。

「な、なっ……！」

（虐めすぎたか？）

腹が立ったとはいえ、こういうことは本来言うべきではなかっただろう。彼女は男性に免疫がないどころか人自体に免疫がないのだ。無駄に怖がらせてもいいことはない。

「かり……」

謝ろうと口を開きかけたその時だ、奥から複数の悲鳴が上がった。次いで「医者を！早く！」の声。

二人は壁と建物の隙間から飛び出した。

声がしたのは妃たちの食事会が行われている中央の広場だ。

その端に人だかりができている。それをかき分けると、真ん中で一人の女官が泡を吹いて倒れていた。身体は痙攣《けいれん》を始め、目はこれでもかと血走っている。

「だ、大丈夫ですか⁉」

花琳は慌てて駆け寄った。まだ医師は到着してないようで、周りは彼女を助けるわけもなく怖々と見守っている。

「ちっ、毒か。……正永！」

「飛耀ちゃん」

「正永、状況は？」

「わからない。突然倒れたみたいなの。でもこれだけの人だから誰が犯人かわからなくて……」

いち早くついていた正永も状況はわからないようだった。

花琳は女官の髪飾りについている琥珀に手を伸ばす。

「お願い――っ！」

髪飾りは淡く輝き、そこから一羽の鳥が現れた。そして、人垣の一番外側にいた女官の方へ一直線に飛んでいく。

「なんなの、これっ！」

急に周りを飛び始めた半透明の鳥に、彼女は驚いているようだった。必死で振り払おうとしているが、彼女の手は空を切るばかり。

「飛耀さん、正永さん、彼女です！」

「わかった」

「えぇ」

「――っ！」

近づいてきた飛耀と正永に状況を察したのだろう。

彼女は懐から刃物を取り出し、飛耀と正永の手が届く前に自身の胸を一突きした。

第四章　一難去ってまた一難

「はぁぁぁぁ。やっぱりこの部屋は落ち着くなぁ」

あれから数日後、花琳の姿は『祭具管理処』の物置にあった。布団の上で寝転がりながら、彼女は久しぶりの休日を謳歌している。

あの日、毒を飲まされた女官は結局亡くなってしまった。懸命な処置を施したのだが、間に合わなかったらしい。

そして、彼女に毒を飲ませた人物も判明した。名前は美鳳《メイフォン》。彼女は燕妃の虐めの被害者だったらしい。腕に×のような焼きごての痕が残されていたのと、美鳳が相談していた友人の証言がその証拠だ。

焼きごてをしたのは毒味役の女官である秀花で、彼女は『燕妃の指示だ』と言っていたという。そして、今回殺された女官は、焼きごてをされる際、美鳳の腕を持つ役割をしていたというのだ。

美鳳が他の人も殺したのかどうか、それはわからなかったが、亡くなった五人のうち三人がその場にいたことが判明しており。結局、五人全員を彼女が殺したという結論に落ち着いた。

あとで回収しようと思ったのか、女官が死んだ近くの草陰に湯呑が隠されていたらしい。おそらく毒はそれで飲まされたのだろうという話だったが、中は綺麗に拭われていて、結局毒の正体は判明しなかった。皇帝曰く、犯人さえわかればそちらは些細な問題らしい。

そして、花琳たちの調査は終了した。

無事、お役御免となった彼女はこうしてこの物置に戻ってきたのである。

「いろんなことがあったけど、やっぱりこの生活が一番だなぁ」

日干ししたばかりのふわふわの布団にくるまりながら、彼女はのほほんとそう言って笑った。その隣にはやっぱり椿と牡丹がいる。

「確かに久々の落ち着いた日ですねぇ」

「智星さんのことを思うと、ちょっとかわいそうですが……」

花琳はこうして普通の生活に戻っているが、智星はまだ後宮に残っていた。入ったばかりの妃がいなくなるにはまだ時期が早い。もう少ししたら正式な手続きの元、親元に帰されるという名目で、後宮から出される予定になっている。

「そういえば花琳さま、陛下にご褒美強請《ねだ》らなかったんですね？」

思い出したようにそう言ったのは牡丹だ。ご褒美というのは、この物置に代わる花琳の寝泊まり部屋の件である。花琳は皇帝に後宮の件が片付いたらその辺のことをお願いしてみるつもりだったのだ。

花琳は枕に顔をうずめながら「そりゃぁね」と言う。

「今回は結局、何もできなかったし」

「それは、花琳さまが気に病むことではないのでは？」

「そうだけどさー」

本当に今回は役に立ってる感じがしなかった。花琳が役に立ったのは、最後の犯人を捕まえる時だけである。その犯人も捕まえる前に死んでしまった。

智星や飛耀はそれで十分だと言ってくれたが、期待された分の働きは、やっぱりできていなかっただろう。

「今更ですが、最後に回った葵宮の付喪たちには何か聞けたんですか？」

「特に何も。ただ最近、不穏な雰囲気があるって怯《おび》えてる子はいたなぁ」

「不穏な雰囲気……。付喪神でもいたんですかね？」

「どうだろう。あそこ、広いから。宮から出たら古い物もたくさんあったし、付喪神になりそうなものがあってもおかしくはなかったけど……」

その瞬間、花琳ははっとして櫃《ひつ》に這い寄る。それには後宮で使った物をしまっていた。

「そういえば、この子つれて帰ってきちゃったんだった」

来ていた服に紛れ込むような形で、秀花の荷包がそこにあった。もちろん、大熊猫姿の付喪も一緒である。

「あとから陛下に頼んで戻してあげないとね」

少し形がはっきりしてきた付喪を撫でてやれば、その子は可愛らしく手に頬をこすりつけてくる。前よりは少し話せるようになっているようだ。

「可愛いなぁ」

こうしていると、後宮での日々が蘇《よみがえ》ってくる。

（紫芳ちゃん、元気かなぁ）

事後処理等でいろいろとバタバタしていて最後の挨拶もできなかった。あんなによくしてもらったのに残念である。いつか離れるとは思っていたが、こんなに急にそばを離れることになるとは思っていなかった。

花琳がぼぉっとしていると、またまた牡丹が何かを思い出したかのように口を開いた。

「なんか気のせいだったら申し訳ないんですけど、花琳さま」

「なに？」

「私たちがバタバタしてる時、飛耀さんに迫られてませんでした？」

その言葉に、花琳は勢いよく咽《むせ》た。

「やっぱりですね」

「私たちちょっと前から話してたんですよ。飛耀さんって花琳さまのこと好きなんじゃないかなぁって！」

「そ、それはない！　だって、あれは冗談って話で！」

「冗談？」

「もしかして、私たちが知らない間に何かありました？」

花琳は表情を強張らせる。

ちょうど飛耀が求婚まがいのことをした時、二人はそばにいなかったのだ。本体は部屋に置いたまま、二人は手伝おうとする花琳を部屋の外に追い出し、遼に帰るための準備をしていたのである。

「何もない……」

「その顔で『何もない』とか。どんだけ隠す気がないんですかー！」

「真っ赤ですよ」

二人に指摘され、そこでようやく自分の顔が赤いことに気が付く。

花琳は両手で頬を隠した。

「まぁ、飛耀さんは置いておいて、花琳さまの気持ちはどうなんですか？」

「どうって……」

「飛耀さんのことお好きなんですか？」

二人に詰め寄られ、花琳はぐっと唇を真一文字に結んだ。頬はやはりほんのりと赤い。

「なんか、二人して私のことからかってるでしょ？」

「そんなことありませんよ」

「そうです。からかってなんかいませんよぉ！」

二人の顔は笑顔だ。花琳はじっとりと二人を睨みつけた。

「本当ですよ？　ただ私は、あんなに人と関わるのを嫌がっていた花琳さまが、そういう感情を持たれたのなら、それが一番嬉しいって。そう思っただけですよ？」

「ですです！　花琳さま『私は一人で生きてくの！』って、ずっと言ってたじゃないですか！　だから、そういう寂しいこと言わなくなった今が、とっても嬉しいんですよ！」

二人はにこやかな顔で手を合わせた。そしてお互いの顔を見たまま「ねー」と顔を傾ける。

少し前の花琳は『私は一人で生きてくの！』というのが、口癖だった。それは自身の不死性が誰かにバレてしまうことを嫌ったための口癖だったのだが。飛耀たちに自身の不死性がバレた今、彼女はあまりそういうことを言わなくなっていた。

「好きかどうかなんてわかるわけないでしょ。そもそも、そういうこと考えたことなんてないんだし……」

口をすぼめる花琳を牡丹と椿は覗き見る。

「真っ赤ですねぇ」

「可愛らしいですよ、花琳さま」

「もう！　二人とも嫌い‼」

からかうような二人の顔に、花琳は布団を頭からかぶった。

◆◇◆

その夜、花琳が寝静まった部屋で、二人は背中合わせに座っていた。基本的に付喪は眠らない。眠るという行為自体はできるが、眠らなくても何も活動に支障はないからだ。それでも牡丹などはあの微睡んでいる感じが好きなのか、よく花琳と一緒に寝ていたりするのだが、今日はどうもそういう気分ではないらしい。

寝ている花琳を起こさないような声で二人は会話をする。

「花琳さま、お幸せになるといいですねぇ」

「そうね。これからもたくさん人に関わってくだされぱいいわね」

二人が初めて顕現したのは、花琳の母親が死んだその日の朝だ。

もうずっと意識は根底にあったけれど、呼び出されたのはその日が初めて。呼び出されて最初に見たものが血だまりの中に立つ花琳で、彼女の最初のお願いが『お母さまを生き返らせて』というものだった。

泣きじゃくる彼女を抱きしめて、二人はその日のうちに誓い合った。

このかわいそうな子供を、亡くなってしまった母親《主人》の代わりに、一生懸命幸せにしてやろう、と。

遊んでいる子供たちを見て、うらやましそうな顔でため息をついた時は、その何倍も元気な声を張り上げて一緒にはしゃいでみせた。

お祭りの日は、聞こえてくるお囃子《はやし》に合わせて一緒に踊った。

傷が治るのを偶然目撃されて悲鳴を上げられた日は、一緒に朝まで本を読んで過ごした。

「ずっと一緒にいてあげたいですけど」

「私たちもいつか朽ちてなくなる日が来ますからね」

人と自分たちと、どちらが多く寿命が残っているのか、それはわからない。

だからできれば花琳には、もう少し人の世界で生きてもらいたい。付喪の世界だけでなく、人の世界でも暮らせれるようになれば、彼女の人生はもっと豊かなものになる。少なくとも二人はそう確信していた。

「大好きですよ、花琳さま」

「今まで我慢なさった分も、幸せになってくださいね」

二人は顔を見合わせた後、そばで寝息を立てる花琳に慈愛に満ちた笑みを向けた。

◆◇◆

翌日、その一報は未だ後宮に残っている智星からの手紙によってもたらされた。

「ちょっと、花琳ちゃん！　後宮でまた不審死が出たらしいわよ」

「へ？」

話によると、今朝また不審死が出たらしい。亡くなったのは下働きの女官で、症状は亡くなった燕妃とまったく同じ。

智星によると、便乗犯による犯行ではないかという話だった。ただ、毒の種類が同じようなので、ただの便乗犯とも考えにくい。もしかすると、自分たちよりもいち早く毒を見つけた者が、それを悪用しているかもしれない。

なので、便乗犯を見つけるためにも、こちらに戻る前に専門家に話を聞いてきて欲しい。

智星の手紙には、そう書いてあった。

「それで、私のところに来てくれたってわけね」

小玲《ショウレイ》は智星が彼女宛に書いた手紙を持ったまま、並び座る三人を見据えた。

彼女は『覇者の剣』盗難事件の時に協力してくれた薬師である。こちらで暮らすようになってからはちょくちょく会うようになった、大変気さくで優しい女性だ。

そして彼女は――。

「でもなんで、智星さんが直接来てくれないのかなぁ」

ただいま、智星に絶賛片想い中なのである。

「別にいいだろ」

「よくない！　飛耀くんじゃ物足りないもの！」

「物足りないってなんだよ……」

「物足りないものは、物足りないの！　でも、私の想いを知った上で、こうして利用してくる智星さんってやっぱりス・テ・キ」

頬を赤らめながら身体をくねらせる小玲は、出会った時とまったく違う印象を受ける。あの時は確か、清楚で素敵な女性という感じだったはずだ。あと、たわわ。

「こういうつれないところが、またいいのよねぇ」

「被虐趣味でも持ってんのかよ。気持ちわりぃな」

「被虐趣味なんか持ってないわよ。現に、今の飛耀くんの言葉で超絶イラっときてる」

「それはどうもすみませんでした」

「そういうところが腹立つのよねぇ！」

小玲の額に青筋が浮かぶ。二人がそろうといつもこんな感じなのだ。仲がいいわけではないのだろうが、何となく相性はいい。そんな二人を見ていると、花琳はちょっとだけそわそわしてしまうのだ。なぜだかわからないが。

「で、話を戻すわよ。この書いてある症状だけで、私になんの毒かを当てろってことなの?」

「そういう話になるわね」

今度は正永が答える。智星が小玲宛に書いた手紙には、亡くなった者たちに現れた症状が記載されてあった。

「普通に考えて無理でしょ?」

「無理なのか?」

小玲は一つ頷く。

「例えば、見た目がまったく別の毒草が二つあったとして、含まれる毒の成分が一緒なら同じ症状が出るのよ。だから、なんの毒を使ったかは症状だけでは特定は難しいわ。こういうのは状況とか場所とか、前に何を食べたかで複合的に判断するものなのよ。症状だけ出されてもね……」

小玲は困った顔で顎を撫でる。その視線が紙の方を向いているので、そうは言いつつも考えてくれているのだろうことはわかる。彼女は紙を見ながら「泡沫性粘液に、皮膚血管の怒張。それと、痙攣……」とぶつくさ呟いていた。

「それなら、特定はできなくても、症状で絞り込むことはできないんですか？」

「まぁ、それぐらいならできるわよ。この辺に自生している植物に限定して、症状と照らし合わせれば……この辺りの頁はそんな感じだと思うけど……」

小玲が出してくれたのは分厚い紙の本だ。きっと毒草や薬になる草について書かれているのだろう。開いている頁の中には植物の絵と症状が書いてある。彼女はそのまま頁をめくり、三つほど植物を紹介してくれた。

「動物とかまで範囲を広げるともうちょっとあるかもしれないけど……」

「小玲さん、ありがとうございます」

「いいえ。こんなことでも役に立ったら嬉しいわ」

花琳は持ってきた紙にさらさらと紹介してもらった草木の名前を記していく。絵は絵心がないのでまねはできないが、中毒症状と見た目の特徴はしっかり書き込んでおく。

「……こういうのって、紫芳ちゃんに聞けばわかるかなぁ。どの辺に生えてるか、とか」

花琳が独り言を零したその時、小玲は少しだけ驚いたような顔をした。

「『紫芳ちゃん』って。なに、花琳ちゃん、民さんのところのお弟子さんとお知り合い？」

「え？　小玲さんは紫芳ちゃんを知っているんですか？」

「知ってるわよ。民さんのところには私も薬を卸してるからね」

その時、花琳の脳裏に紫芳のとある言葉が蘇った。

『でも、許可を得て育てても管理を徹底しないといけないから、薬は外部の薬師に頼っている人が多いわ。生成してもらった薬を管理する方が圧倒的に楽だもの』

彼女の言う『外部の薬師』というのは小玲だったのだ。

「あの子、優秀よね？　物覚えも早いし、いい子だわ。将来お医者さんになりたいって言ってるけど、民さんはちょっと反対していたわね」

「そんなに優秀なんですか？」

「ええ。後宮に居なきゃ、立派な医師になれてたでしょうね」

「え？　後宮にいると、医師になれないんですか？」

小玲の言葉に花琳は首をかしげた。

「そうね、そもそも医師になるための試験を受けられないわ。地方には資格を持っていない医師もたくさんいるけれど。彼女が目指してるのはそこじゃないでしょ」

「試験って科挙試験みたいなものか？」

飛耀の問いに小玲は腕を組んだ。

「まぁ、そんな感じね。科挙試験みたいに国を挙げて一斉にやるってわけじゃないけど」

「あら！」

そんな会話をしていると、本を見ていた正永が声を上げた。

「ねぇ、みんな。これ、宮廷のそばに生えてるの見たことがあるわ！」

そう言いながら彼が指していたのは、毒空木《どくうつぎ》という木だった。

「この土手に……ほら、あれ！」

彼が指した先には言った通り、絵にそっくりな木があった。左右対称の葉に、赤い熟れた実。背丈はそこまで高くなく、幹も太くはない。その木が何本もあった。きっと自生しているのだろう。本によると、毒空木の毒は実にあるようだった。

「確かにあの絵の木ですね」

「しかし、宮廷の近くっつっても壁の隣とかじゃないんだな」

「こうして見ると。そうねぇ」

毒空木は細い川を挟んだ向こう側にあるのだ。この距離でたまたま宮廷内に実が……というのは考えにくい。

「あの実を隠し持って後宮に入ることはできないんでしょうか？」

「おそらく、入り口で改められる時にバレるでしょうね。それに、後宮の中に住んでいる女官がこれらを持って入ることは普通に考えて無理よ。あの子たちは基本的に後宮の外には出れないんだから」

「そう、ですよね」

花琳は考え込むように視線を落とし、手に持っている紙をじっと見つめる。

「でもま、こんな近くに生えてんだ。もしかしたら種子が飛んで、後宮の中で自生しているのかもしれないな」

「そうね。その可能性はあるわね」

「それなら、今日紹介してもらった他の毒草も含めて、一度後宮の中を探してみないといけないですね」

三人の中で何となくの方針が決まる。

正永は花琳の手にある紙を取り上げ、可愛らしく片目を閉じてみせた。

「それじゃ、私はこのことを陛下に報告してくるわね。ついでに智星ちゃんにも手紙を書いておくわ」

「あ。それなら、私も！」

「やぁねぇ、一人でできることを二人でやってどうするのよ！　花琳ちゃんはこのままゆっくりと帰りなさい。今日、本当は休日だったんだから、ちょっとぐらい寄り道して帰ってきてもいいからね！　飛耀ちゃんは、花琳ちゃんをよろしく」

「あの！」

「あぁ」

正永は踵を返し、振り返った。

「それじゃ、明日からまた忙しくなるだろうから、二人はちゃんと休むのよ」

そう言い残し、彼は足早に消えていく。

「んじゃ、帰るか」

「はい」

飛耀についていくように花琳は歩を進める。彼は花琳の一歩先を歩いているが、その歩みはいつもよりゆっくりだ。きっと花琳に合わせてくれているのだろう。

「どこか寄りたいところはあるか？」

「いえ、むしろ休日ならお家に帰ってぬくぬくしたいです！」

「まったく、お前らしいなぁ」

飛耀は苦笑を零す。その笑みを覗き見て、花琳の顔にも笑みが滲《にじ》んだ。

そうして二人で歩いていると、急にわっと歓声が聞こえてきた。声のした方向を見れば、大道芸人が大きな鉈《なた》を三本振り回している。一本が舞い上がっている隙にもう一本を空中に投げ、落ちてきた一本を取り、すぐさままた空中に放る。見ているだけでハラハラとしてしまうような芸だ。しかしそれ故に見ている人は皆笑顔で歓声を上げていた。

「わぁ……」

くるくると回転しながら舞い上がった鉈に、声が出る。

ちょっとだけ、好奇心がくすぐられる。けれど、少し離れている上に人が多いので、大道芸人の手元まではっきりと見えなかった。見えるのは頭の上まで飛んだ鉈だけだ。

「見てくか?」

花琳の視線をどうとったのか、飛耀はそう聞いてくれる。

しかし、彼女は少し考えた後、首を振った。

「大丈夫です」

「いいのか?」

「はい! こんなところでもたもたしてたら、ひきこもれる時間が短くなっちゃいます
し!!」

「なんじゃそりゃ」

飛耀は呆れたような顔になった。

花琳はもう一度大道芸人に視線をやる。

本当はちょっと見てみたい。大道芸人なんて生まれて初めてこの目で見たのだ。

(だけど、あれが飛んできて……とか考えるのは考えすぎかな)

まかり間違ってあの鉈が自分に落ちてきたら……そう考えると、一歩が踏み出せない。

怪我をするのが怖いのではないのだ。あんな大勢の人の前で怪我が治るのが怖いのだ。

あんなに楽しそうな雰囲気を自分のせいで壊したくはない。子供だって泣くだろうし、
大人だって怯えるだろう。

(こうやって近くに居たら見たくなっちゃうし、早く帰ろう)

そうして止まっていた足を動かし始める。

いろんなところに危険は落ちているものだ。花琳はいつだって注意しないといけない。人がたくさんいるところには行ってはいけないし、往来だってできるだけ歩かない方がいい。軒車《けんしゃ》や馬車が来た時はいつでも逃げられるように身構えとかないといけないし、高いところだって不用意に登ってはいけない。

思えば同じような理由で、地元の祭りもほとんど行ったことがなかった。遠くから聞こえる祭囃子と、父の景世が露店で買ってきてくれる沙琪瑪《サチマ》という甘いお菓子だけが、花琳の祭りの思い出だ。

何かの芸に成功したのか、また拍手と歓声が上がる。

花琳は振り返ることなく、足をすすめようとしたが……。

「おい。やっぱりあれ見て帰るぞ」

飛耀に腕を掴まれ止められた。

「えっと、私は……」

「俺が見たいんだよ。付き合え」

そのまま、あれよあれよという間に人垣の中に入ってしまう。花琳は目を白黒させた。

こんな大勢の中に加わるなんて生まれて初めてかもしれない。

花琳は焦《あせ》ったように口を開く。

「飛耀さん！　あの――！」

「安心しろ。なんかあったら守ってやる」

「え？」

「あんな物欲しそうな顔で見るぐらいなら、最初からそう言えよ。言えばいくらでも付き合ってやるから」

飛耀は笑う。その笑みに、なんだかちょっとだけ泣きそうになった。指先同士が触れて手が繋がる。脈拍はあり得ないぐらい速くなり、顔が熱くて頭が沸騰しそうだった。

花琳たちの目の前で、大道芸人は今度は炎を吐く。

「わっ！　あんなことよくやるなぁ」

飛耀はそれを見て、また笑う。

「ちゃんと見えるか？」

「はい」

「お前ちっこいからなぁ」

また、彼は肩を揺らした。その横顔にまた胸が高鳴る。

花琳は繋いでいない方の手で、服の上からぎゅっと心臓を掴んだ。

◆◇◆

その夜、花琳は江家の書房に赴いていた。後宮に戻るにあたって、本の付喪たちに話を聞いておこうと思ったのだ。本の付喪はみんな知識量が多く、博学だ。自身に書いていないことでもまるで専門分野の様に知っていたりする。これは基本的に本が同じ場所に置かれることが多く、本の付喪同士がおしゃべりで、互いに知識を交換することが多いためだった。

花琳は書房に入ると、入り口近くに置いてあった燭台に灯りをともす。そうして、いつものように中心に立ち、まるで何かを起こすように手を叩いた。

「夜にごめんね。ちょっと協力してくれると助かるな」

本の付喪たちはゆっくりと顕現した。古い物もあるのか、中には色がついているような付喪もいる。

意外にもたくさんの付喪が顕現して、花琳は目を剥いた。牡丹と椿がいたら大喜びだろうが、調べものに二人はうるさすぎるので部屋で待っていてもらっている。

（毒空木。なんか引っかかってる気がするんだよなぁ）

花琳は毒空木という木を前から知っていた。知っていたといっても、覚えていたのは名前ぐらいで、どこのなんの付喪に教えてもらったのかまでは思い出せない。しかし、その付喪が何か重要なことを言っていた気がするのだ。毒空木について、今回の話に関係する何かを彼は言っていた気がする。

しかしそれが何なのか花琳は思い出せなかった。

なので、本の付喪たちに毒空木のことを聞こうと思ったのである。

「数冊ぐらいなら後宮に持って入れるかな」

あまり多い量はだめだろう。よくて一、二冊だ。そもそも本を借りてもいいかさえ徳才にもまだ聞いていない。なので今晩はできるだけ多くの本の付喪から話を聞いて、本を読んでいった方がいいだろう。

「それにしても、江家の書房って本当に大きいのね……」

花琳がそう言うと、本の付喪たちは胸を張った。自身の住処が褒められて嬉しいのだろう。

以前、後宮の書房にも立ち寄ったことがあるが、字の読み書きができる女官が少ないためか本の量は多くなく、書架自体も少なかった。それでも妃付きの女官が読めるように物語類はある程度揃えられていたが、専門書などはまったくなかった。

「いろいろな本があるわね。……ねぇ、毒とかについて詳しい本はある？」

近くにいる付喪にそう語り掛ければ、彼らは揃って奥の棚を指した。花琳は誘われるまま奥の棚に行き、彼らが指す本を手に取った。

「これね。まだ……付喪にはなってないわね」

比較的新しい本で、付喪の気配は感じられない。

花琳は本を開いた。内容に目を通していくと、横で喋りたがりの小人の付喪が勝手にまめ知識を披露してくれる。

（毒空木の頁はあったけど、小玲さんのところで聞いた以上の話はないな……）

花琳は本を閉じ、棚に戻した。そうして他の本を漁っていく。

「こんな本も置いてあるんだ……」

目についたのは物語の本だ。兵法などの専門書が多い中、その本は少しだけ異質に映る。見れば、棚の一列が物語で埋め尽くされていた。きっと、飛耀や智星が小さいころ読んでもらった物だろう。英雄譚や冒険譚が多いのがその証拠だ。その中に、誰が読むのかわからない恋愛をテーマにした物語があった。

花琳はそれを手に取り、ぺらぺらと捲《めく》る。

それは幼い子供向けの童話だった。継母と義姉に虐められ、かわいそうな日々を送る少女が、とある出来事から不思議な力を持つ仙人に出会い、その国の皇帝に見初められるまでの物語。主題は『灰被りの乙女』。異国の有名な童話を瑾国風に書き直したものだ。花琳も小さい頃、よく父と母に読んでもらった。仙人の助けにより選秀女《せんしゅうじょ》を受けることになった少女と、彼女の美しさに目を奪われた若き皇帝の恋愛模様が初々しくて少し癖になる物語だ。

そんな可愛らしい恋愛模様を眺めていると、不意に耳の奥に昼間の声が蘇った。

『あんな物欲しそうな顔で見るぐらいなら、最初からそう言えよ。言えばいくらでも付き合ってやるから』

その瞬間、身体が熱くなる。火照《ほて》った顔を冷ますように本で仰《あお》ぐのに、熱は一向に冷める気配を見せない。

(だって、今まで……)

ああいうものを見ても、誰かに『見たい』と願ったことがないのだ。自分の不死性に気が付く前ならそういうこともあったかもしれないが、気が付いてからは『何かをしたい』も『どこかに行きたい』も誰かに願ったことがない。花琳の願いはただ誰にもかかわらず引きこもっていることで、『何かをしたい』も『どこかに行きたい』も『引きこもりたい』の前には塵も同然だったのだ。怖い思いをするぐらいなら、何もしなくてもいいし、どこにも行かなくていい。それが花琳の考え方だった。今だってその考え方は変わっていない。

なのに――。

(今日の大道芸は楽しかったなぁ)

手を伸ばさなくても触れられる距離に、あんなにたくさんの人がいたのに、今日は少しも怖いと思わなかった。最初は『鉈が降ってくるかも……』『火が燃え移ってくるかも……』と心配していたのに。握られた手に不思議と安心してしまって、最後はもう普通に楽しんでしまっていた。

（また、一緒に見てくれるかな）

そんな希望まで持ってしまう始末だ。

多分、この気持ちは特別なのだと思う。それはもうわかっている。けれど、告げる気はなかった。告げたところでどうこうなるものでもない。きっと困らせてしまうだけだろう。

（だけど……）

もし何かの拍子に、彼の気持ちがこちらに向いたら、それはとても嬉しいな、とは思う。冗談とはいえ、求婚までしてきたのだ。可能性は限りなく低いだろうが、まったくないというわけではないだろう。

（もしそうなったら、きっと楽しいんだろうな）

『ま、誰だって、想いあった誰かと同じ時間を重ねていきたいって思うもの。それが男性であれ女性であれ、ね』

少し前に紫芳はそう言っていた。あの時は言葉の意味がよくわからなかったが、今はぼんやりだが何となくその意味がわかる気がした。

こうやって一緒にいて、自身の不死性に怯えることなく、同じように歳を重ねていけたら、どんなに幸せなことだろうと思う。その相手が彼なら、たぶん、きっと、ずっと楽しい。

気持ちはそわそわと落ち着かない。けれどその分、温かくもあった。

その時、足元に本が落ちた。落ちた本の主題は『仙女伝』である。花琳の祖先である仙女の話をまとめたものだ。落としたのは鼠の姿をした本の付喪である。

花琳の先祖の話は『仙女伝』や『仙女演義』という形で、御伽噺《おとぎばなし》として後世に語り継がれている。子供向けに改変されているものなので内容は多少変わっているが、基本的な話の流れはほとんど一緒だ。

「ご先祖様の物語か」

花琳は本棚を背にして座り込んだ。すると、わらわらと付喪たちが集まってくる。

「昔は私もよく、父様にご先祖様のお話してもらったなぁ」

花琳は本をぺらぺらと捲る。

物語の仙女は常に強く、妖艶な女性として描かれていた。人の理から外れた彼女は、気まぐれに人を惑わし、気まぐれに人を救っていく。

「私はね、本当は仙女もそんなに強い人じゃなかったんだと思うの」

代々伝わってきた物語なのだろう、父の景世は本を見ることなく仙女の物語を諳《そら》んじることができた。花琳はその中の一文を思い出す。

『仙女は家族にも子供にも孫にも先立たれ、寂しくてどうしようもなくて、何度も死のうとしました。そのたびに死にきれず、彼女はまた恋しそうに人里を眺めるのです』

父の声が蘇り、花琳は目を伏せた。自身の娘が仙女の先祖返りだと知ってからは、もう語らなくなった切ない物語。しかし、悲しいかな。花琳もまたすべてを諳んじられるほど、その物語を覚えていた。

花琳は仙女伝の最後の一文を撫でる。

《不老不死の仙女は、今もどこかで私たちのことを見守っているかもしれません》

(さすがにそれはないな)

そのために仙女は自身と死にゆく皇帝の運命を交換したのだ。自ら死にたいと願うほど不老不死に悩まされた彼女の人生はどれほど寂しかっただろう。

「仙女にも付喪が見れたのかな」

それならまだ彼女も救われる。

花琳が知っている物語では、彼女はかつて一緒に居ようと誓った男の婚儀を山の奥から眺める場面がある。一緒に居たいと言ってくれた男も結局は普通の女性を選ぶのだ。そしてその後に一緒になった男には当然のごとく先立たれる。そして、子供も、孫も曾孫も。

仙女はますます仙境に引きこもるようになり、人との交流を断っていく。

花琳の知っている仙女の話は悲哀の物語なのだ。

また先ほどの一文を撫でる。しかし、とあるところで彼女の指はぴたりと止まった。

『不老不死』

その文字がやけに目に付く。

「私は……」


老いるんだろうか。


そのことに気が付いた瞬間、全身が凍り付いた。

(もしかしたら、私は……)

自分でもどうして気が付かなかったのだろうと思う。時間はたくさんあったのに、自身の不死性が怖くて、自分が不老などとは想像だにしてなかった。『不老』と『不死』は一緒にされることが多い言葉なのに、なぜだか花琳は自分がちゃんと老いて死ぬものだと信じて疑っていなかった。

(でもでも! 私の身体はちゃんと十六歳の身体で――)

花琳は必死に自分の考えを否定する。自分の身体は十六年の歳月をきちんと積み重ねているし、父である景世もきちんと老いている。若いままで時が止まったりはしていない。

（だけど……）

父である景世は年齢の割には若々しいと評判だ。花琳から見ても、実年齢より十歳程度は若く見える。近所では『仙女様の名残かしら』なんて言われていたほどだ。

先祖返りでない父がそうなのだ。花琳が『不老』という可能性は十分にある。

（待って！　でも、だって‼　私――）

否定したい。頭に浮かんだ可能性を否定したいのに、まったくその材料は思い浮かばない。

むしろ肯定する材料ばかりが増えていく
そもそも、そんな都合のいい話があるのだろうか。『不死』だけ与えられて、『不老』ではないなんてことが。普通に考えれば『不老』と『不死』は二つで一つだ。

つまり花琳は――。

「不老不死……」

その言葉が現実味を帯びる。

もし不老不死なら、花琳がこれから歩くのは仙女が歩いてきた道だ。

煙たがれ、迫害され、都合がいい時には頼られ、だけどやっぱり畏れられる。山に籠って、一人寂しく自身を守りながら生きて、与えられた希望は根こそぎ奪われて、それでも人恋しいと山奥から人里を眺める。そんな人生だ。

飛耀たちは花琳の不死を受け入れてくれた。正直に話せば、もしかしたら不老だって受け入れてくれるかもしれない。だけど、不死は不老とは違い、目に見えてしまうものだ。いつまでも老いない自分に周りはどんな反応を示すだろう。

（また、『ばけもの』って……）

そう言われるのだろうか。気持ちが悪いと後ろ指を指されるのだろうか。

自分だけならまだいい。でも、こんな自分を受け入れてくれた彼らまで白い目で見られるなんて耐えられない。

頭の中で仙女の台詞が蘇る。

『最初から奪うつもりの希望なら、神も最初から与えなくてもいいだろうに』

一緒に居ようと誓い合った男の婚儀を見ながら、仙女が発する台詞である。

「本当にね……」

その台詞が今は痛いほど身に染みる。

こんなことになるのならばやはり、あのまま実家に引きこもっていた方がよかった。誰かと一緒にいるのが楽しいだなんて知った後に己の運命を突きつけられるぐらいなら、最初から何も知らないままの方が楽だった。

海の青さなんて知らなくても、自身の不死性を見ても怖がらない人間がいるだなんて知らなくても、誰かに想いを寄せる胸の温かさなんて知らなくても、きっと花琳は生きていけた。与えてから奪うだなんて、ちょっとひどすぎる。

「これが終わったら、離れなくっちゃ」

また与えられて奪われるなんて御免だ。希望の明かりを見せられて、手を触れる直前に吹き消される。そんな思いをするのは一度で十分だ。

まだ間に合う。今ならまだ離れられる。

「飛耀さんとも、ちゃんと距離を取っておかないと」

近づきすぎて辛くなるのは自分なのだ。本当はもう一回ぐらい一緒に大道芸を観たかったけれど、特別に想うのならば、それはなおさら距離を開けておかないといけない。

花琳はその場で膝を抱える。

「大丈夫。私には椿も牡丹もいるもの。どうせ死なないんだし、山奥で生きてくぐらいできる」

食べ物がなくても自分は飢餓ぐらいでは死なないだろうし、病気だってしない。生活が落ち着くまでは大変だろうが、ただ生きていくだけならきっと花琳でもできる。

他人事のように『寂しい人生』だと思う。その寂しい人生を自分が今から歩くのだと思うと、ちょっとぞっとした。

「ご先祖様みたいに傷つくのは嫌だものね」

嗚咽《おえつ》がせりあがると同時に涙が頬を滑った。

「でも、嫌だなぁ」

輪郭を伝った涙が本に落ち、文字が滲む。

「嫌だなぁ」

花琳はぎゅっと自分の膝を抱え込んだ。

第五章　再び後宮へ

　翌日、飛耀と智星、それと正永は後宮の外にいた。後宮の外ということで、智星も久しぶりに武官の格好である。場所は宮廷内にある使われなくなった氷室《ひむろ》の中。そこには三人の他にもう一つ人の形をしたものがあった。

「やっぱり燕妃やあの女官と同じ毒で亡くなったとみて間違いなさそうですね」

「そうね。見たところ症状も一緒だし、特に違う点も見られないわよね」

　そこにあったのは先日亡くなったとされる女官の遺体だった。昨日の今日なので遺体の腐敗は進んでおらず、綺麗なまま残されている。

　鼻と口からは血が垂れており、泡を吹いたのだろう、唇の端にはよだれのような跡がこびりついている。血管は浮き出ており青紫になっていた。医者の話だと、喉の奥には出血したような痕もあるのだという。

　遺体を確認した後、三人は氷室から出た。

　智星は歩きながら今までの情報を整理する。

「今までに死んだ人間は八人。その中の七人が毒殺を疑われているわけですよね」

「ええ。私たちが後宮に入る前に死んだのが五人。下働きの女官三人と、燕妃様と秀花ね」

「そのあと、食事会で一人」

「そして、美鳳の模倣犯が殺したとされる子が一人。……さっきの子ね」

正永はそう言いながら両手の指で七を表す。智星は目の端でその指をチラ見した後、口元を手で覆った。

「この七人が全員同じ毒を使われて亡くなっている……か」

「六人目までを全部美鳳の犯行とするなら、そこまではわかるわよね。わからないのは七人目。美鳳はもう死んでいるのに、どうして同じ毒を使うことができたのか、でしょ？」

正永の言葉に、智星は下唇を浅く噛んだまま頷いた。

「ええ。それにまだ美鳳の荷物の中から毒は見つかってないんですよね？」

「そうね。めぼしいものはまだ」

「つまり、毒は新しい犯人の元へもう渡っている？」

「そう考えるのが自然でしょうけど、どうにもしっくりこないわよね」

正永はため息をつきながら首を振る。正直、手詰まり感がすごい。

亡くなった女官は下働きで、調べたところによると人間関係で特出するべきところはないらしい。誰かに恨まれるような性格でもなかったとのことから、燕妃の様に動機から犯人を絞り込むのは難しそうだった。ということは、やはり絞り込む要素としては毒だろう。

智星は正永に向かって口を開く。

「紹介してもらった三つの草木の内、やっぱり毒空木が一番症状が似てるんですよね？」

「そうねぇ。でも、後宮内どころか宮廷内にも毒空木は生えてなかったんでしょう？」

「今のところはそうだと聞いてます。でも宮廷も後宮も広いですから、どこかに隠れて生えているって可能性もあるかと……」

小玲のところに話を聞きに行ったあと、正永から報告を受けた皇帝は宦官に命じて一斉に後宮内の毒空木を探したそうなのだ。しかし、それらしいものは発見されなかったという。今でも数人の宦官が続けて後宮内を捜索しているが、未だに発見という報告は聞かなかった。

「使われた毒が毒空木の毒だとして、どうやって持ち込まれたかが謎ですよね」

「そもそも、あの後宮で毒殺っていうのが不思議だものねぇ」

毒等の管理は貴慧が皇帝に即位してから一層厳しくなったと聞いている。彼の父であり、前の皇帝である高衢《コウク》が毒で自死したことも関係あるのかもしれないが、商人たちが持ってきた大根や根菜類のような毒が入る余地がないものも、一度食べて毒がないか確かめてから門を通すようにしていた。また、麻酔に使う阿芙蓉《あふよう》や大麻、貴金属の加工に使う鉛、薬に使う植物などは、必ず許可を得てから徹底した管理のもと持って入ることが許されていた。

そんな徹底されている状況下で外部から毒を持ち込むなど、普通は無理な話である。

「それにしても飛耀、今日はなんだか元気がないね。なんか、喋らないし」

「そうでもねぇよ」

兄の問いかけに飛耀は口を開く。その声色は元気がないというわけではないが、いつもより張りがなかった。

「そんなに死体きつかった？」

「んなわけねぇだろ」

「まぁ、そうだよね」

武官がこのぐらいのことで動揺するはずがない。知り合いならいざ知らず、言葉も交わしたことがない赤の他人の死体なのだから当然だ。

答えない飛耀の代わりに、口を開いたのは正永だった。

「実は飛耀ちゃん、今朝からから花琳ちゃんに避けられてるのよ。声掛けたら逃げられるし、挨拶してても返してもらえなかったり、無視されたり……。それでちょっと元気がなくなっちゃっててね」

「……言うか？　普通」

思わぬ場所からの暴露に、飛耀のこめかみがひくついた。

「あら、いいじゃない。兄弟でしょ、あんたたち」

「兄弟だから、余計に嫌なんだよ！」

「あら、ごめんなさぁい。私一人っ子だから、わからなかったわぁ」

口元に手を当てて笑う正永に飛耀は渋い顔になる。

智星は首をかしげた。

「花琳ちゃんに何かしたの？」

「……何も」

「本当に？」

「あぁ」

視線を逸らしながらぶっきらぼうにそう答える。傷ついているというよりは、気分を害しているという風だ。

「でも、飛耀ちゃんにだけじゃないのよねぇ。私にも今朝は少し硬い感じだったわ」

「そうなんですか？」

「ええ。だけど、飛耀ちゃんより全然ましよ！　少ししたら普通に話してくれるようになったし！　でも、何かあったのかしら……」

少し心配そうな顔で正永も首をかしげた。

智星は飛耀に視線を戻す。

「そういえばさ、前にも同じようなことがあったよね？　確か、俺が正永さんのところに出かけるって言った日に、機嫌が悪くて……」

「なんかあるたびに逃げるんだよ。あいつは！　しかも、毎回何も言いやがらねぇ！　俺は言われなきゃわかんねぇって何度も言ってんのに！」

苛々したように飛耀は息を吐く。そんな彼を見ながら正永は口を開いた。

「というか、前々から気になってたんだけど、なんで花琳ちゃんなの？　もちろん花琳ちゃんはいい子だと思うけど。飛耀ちゃんああいう子、本来嫌いよね？　今も苛々してるし。ほら、武官になったばかりの実地訓練の時に、人見知りっぽい子と組まされてキレてたじゃない」

「組ませたのは正永だろうが！」

「いやだって、数回しかない実地訓練だし、教官としてはぜひ苦手分野を克服してもらいたいと思ってね？」

悪びれることなく正永は笑う。そのやり取りに、智星も同意するように頷いた。

「ま、最初に花琳ちゃんに会った時も、『ああいうやつは苦手だ』って公言してたしね」

「でしょでしょ？　だからちょっと不思議でねー」

二人の言葉に飛耀は嫌そうに視線をそらした。

「いや、まぁ。確かに好みでは……ないんだけどな……」

「じゃぁ、なんで」

「だぁあぁ！　別に何でもいいだろうが！　俺は先に帰る！」

あまりこういう話が得意ではないのだろう。飛耀はまるで逃げるように足早に帰っていく。

そうして背中が見えなくなった辺りで、正永はふき出した。

「そんなに恥ずかしがらなくてもいいのにねぇ？」

「いやまぁ、でも俺も同じ立場なら恥ずかしいですね」

「そういうもん？」

「まぁ。普段そういう話はめったにしませんし」

逃げてしまった飛耀の気持ちもわかるのだろう、智星は苦笑いを浮かべている。

「花琳ちゃんのこと、飛耀は面倒見がいいから放っておけないんだと思います」

「面倒見、ねぇ」

「あいつが間抜けなせいで花琳ちゃんのお腹に穴が開いた話しましたっけ？」

「聞くだけ聞いたわよ。半日もかからず傷が塞がったってやつでしょ？　結構半信半疑なんだけど、本当なの？　それ？」

　まだ花琳の不死性を見たことがない正永は訝しむような声を出した。

「そうですね。実際に治った後の傷を見たわけじゃないですけど、夜にはもう普通に行動できるようになっていましたよ」

「それが本当なら、すごい回復力よねぇ」

「不死の件もそうですけど。花琳ちゃん、いつも何も相談してくれないんですよね。黙って一人で解決しようとしてしまう。飛耀はきっと、そういうところが放っておけないんですよ」

「まぁ、飛耀ちゃんの方が智星ちゃんより人間味あるものね。智星ちゃん、俊賢《シュンケン》ちゃんの時もちょっと諦めたでしょ？

　正永の鋭い指摘に智星は困ったような顔になる。そして、視線を少し先の地面に落とした。俊賢というのは飛耀と智星の弟であり、『覇者の剣』の事件では犯人にされかけた青年である。

「別に、俊賢がどうなってもいいとは思ってなかったんですよ？　ただ、良くも悪くも俺は父に似てるんです。個人よりも家が大切で、そのためには何をしてもいいと思っている節がある。武門の家の嫡男がやるには恥ずかしい格好だって、家のためならまぁいいかなって思えるんですから」

「貴方も大変ねぇ」

「飛耀も、俊賢も、花琳ちゃんも。みんな大切で、守りたいとは思っているんですけどね」

智星はそうして頭を掻いた。

◆◇◆

「花琳、もうすぐつくわよ」

「……」

「花琳」

「……」

「花琳ってば！」

耳元で叫ばれ、花琳ははっとした。横を見れば、訝しげな顔で覗き見る紫芳がいる。

花琳はいち早く後宮に戻っていた。飛耀と正永は、後宮から抜け出した智星と一緒に今は死体を見に行っている最中だ。

午後には三人も戻ってくる予定になっている。

「倉庫に行きたいって言ったの貴女でしょ？　なんで上の空になってるのよ」

「ごめん」

花琳は頭を下げた。

現在、彼女は紫芳に後宮にある倉庫へ案内してもらっていた。倉庫に行けば付喪になるぐらい古い物はあるだろうし、何か手がかりがあるかもしれないと考えたからだ。

「最近はずっと臥《ふ》せっていたんでしょ？　まだ体調が万全じゃないんじゃないの？」

「それはもう大丈夫だよ」

「ほんと？　今からでも民に診察してもらう？　症状がわかれば薬も出してあげられるわよ？」

心配そうな顔を向けられて、申し訳なくなってくる。花琳がここ最近いなかったのは臥せっていたせいだと、彼女は思っているようだった。

「体調は大丈夫だよ。ぼーっとしていたのはまた別の要因で……」

「別の要因って、なんか悩みでもあるの？」

「悩みというか……」

「何でも聞いてあげるから、何でも言って！　ま、聞くだけになっちゃうかもしれないけどね」

紫芳は困ったような笑みを浮かべながら頬を掻いた。

「私たち、友達でしょう？」

「友達……」

その時、正面から歩いてくる人影が目に入った。顔を上げれば、宦官姿のその人物と目が合う。

「あ」

声が重なり、互いに目を見開いた。

そこにいたのは戻ってきたばかりの飛耀だった。

花琳は咄嗟に踵を返す。

「し、失礼しましたぁ‼」

「ちょ、おい‼」

飛耀が引き止める声を背中で聞きながら、花琳は来た道を逃げ帰ってしまった。

山梔子宮に戻ってきた花琳は息を切らしながら後ろを見る。幸いなことに飛耀は追ってきておらず、彼女は肩をなでおろした。

（ま、飛耀さんが本気で追いかけてきたら数秒で捕まってたか……）

もっと言うなら逃げ出す前に捕まっていただろう。引きこもりと武官。その身体能力には歴然とした差がある。紫芳を置いてきてしまった点だけが心残りだが、それは後から謝ればいいだろう。きっと彼女なら「ま、仕方がないわねぇ」で許してくれるはずだ。とりあえず、花琳は今あの場に戻る気にはなれなかった。

（どういう態度を取るのが正解なんだろう）

とりあえず、智星たちにはいつも通りの態度を取ると決めた。変に勘繰られても嫌だからだ。けれど飛耀は、本当に離れがたくなる前に多少は距離を取っておくのがいいだろう。しかし、『不自然にならない程度に距離を取る』というのは思いのほか難しかった。

少し落ち着こうと山梔子宮に上がる。すると、かすかに人の気配がした。

（え？）

智星が帰ってきたのだろうか。それにしては静かすぎる。恐る恐る部屋を覗き見した直後。

「わっ」

「いひゃぁああぁぁ‼」

耳元で声がした。花琳は飛び上がり、柱の陰に隠れた。先ほどまで花琳がいた場所には一つの影。それに花琳はまた驚いた。

「悪いな。待たせてもらったぞ」

「へへへへへいいか⁉」

そこには皇帝がいた。また、突然の訪問である。しかも今度は昼間にだ。

服装は、また身軽なお忍び衣装である。

「そんなところに隠れてないで出てこい」

「は、はい……」

手招きをされ、花琳は柱の陰から渋々出る。

しかし、驚いたためか、緊張しているためか、その顔は青白い。

「まだ、智星は帰っておらぬのだな」

「はぁ、そのようで……」

今日も調査の進捗を聞きに来たのだろうか。なんの手土産もない花琳の身体は固くなる。

「それなら無断で連れ出すしかないな。ま、あいつらには後から書面で知らせれば問題ないだろう」

「へ？」

「来い、花琳。お前に頼みたい用事がある。お前にしかできないことだ」

「私にしか、出来ない？」

花琳は首をかしげた。


（つまり、通訳をしろって話なのね）

花琳は再び後宮から抜けて、今度は宮廷の朱雀門《すざくもん》のところにいた。

宮廷には東西南北にそれぞれ四神の名が付いた大きな門が存在する。北に玄武《げんぶ》、東に蒼《そう》龍《りゅう》、西に白虎《びゃっこ》、南に朱雀。その中でもひときわ大きいのが南の朱雀門と北の玄武門である。基本的に人の出入りはこの四つの門だけで行われており、前に花琳たちが宮廷に入るために潜入した勝手口は、人を忍んで出ていく時のみ使用されていた。どんなに忍んでいても入る時は四つの門のどれかを使わないといけない決まりになっている。その理由は、その四つの門以外のところに改め処がないからだった。

改め処というのは、要は手荷物検査を行うところである。そこでは女性も男性も服まで脱がされ、変なものを持って入っていないかどうか調べられる。

花琳は現在、その朱雀門の改め処にいるのだ。

目の前には西の欧羅《おうら》から来たという、商人たちがいた。

「花琳さん、今回は本当にすみません」

そうして頭を下げたのは、俊賢だった。年齢は花琳と同じ十六歳。彼も兄たちと同じように武官に身を置いていた。最初に会った時は監禁から解放された直後だったので疲弊していたが、見る限り今は元気そうだ。

「俺たち、自国以外の言葉は喋れなくて。本当なら通訳の人が付くんですけど、今回はちょっと体調を壊さ崩されちゃったみたいで。それを上の人に相談したら、なんか陛下にまで話が行っちゃって……」

『これを使え』

そう言って皇帝は花琳を俊賢に差し出したのだった。

「陛下って、あんな風に気軽に宮廷の中を歩き回ってるんですか？」

花琳の問いに俊賢も困ったように笑う。

「まぁ、今の陛下になってこんな感じになったみたいですよ？　俺もここで働くようになって少ししか経ってないのでわかりませんが」

話していると、彼の同僚だろう男が改め処に顔を出した。

「俊賢、その人が新しい通訳さん？」

「うん。通訳って言うか、通訳もできる人って感じなんだけどね」

「……どうも、楚花琳です」

「どうも。王衛《オウエイ》です」

手を差し出され、おずおずと握る。身体が強張ってるのは引きこもりと人見知り故にだ。

「いやぁ、そんなに固くならないでくださいよ、花琳さん！」

肩をバシバシと叩かれ、悲鳴を上げてしまう。やけに人との距離が近い人である。飛耀も人との距離が近い人だが、彼とは違い、衛はどことなく軽い。

「ひぃっ！」

怯える花琳を助けるように俊賢は衛の腕を取った。

「衛。ちなみに花琳さん、兄貴たちのお気に入りだからね」

その瞬間、衛の眉間に皴が寄った。あからさまに嫌そうな顔である。

「うーわ……。ちなみにどっち？」

「どっちも。しいて言うなら、飛耀兄ぃの方だけど。……だから、あんまり変なことして困らせないようにね」

「俺だって嫌だわ！　お前の兄ちゃんたちおっかねぇし‼」

厄払いなのか何なのか、彼は花琳と握手した方の手を拭う。何となく地味にショックだ。

「えっと、じゃあ話を元に戻しますね。花琳さんにして欲しいのは、さっきも言ったとおり、通訳です。俺たちがそれぞれの物について商人にいろいろ聞くので、その会話の手助けをして欲しいんです。今日来る商人はこの方たちだけなので、それが終わったら帰ってもらうってことで……」

「それが終わったら……って。見る限り結構な量ありますよね……」

商人たちが持ってきたのは荷馬車五台分の荷物だ。紙や墨のような日常的に使うものから、煙草の葉や甘味、反物など、嗜好品もちらちら見える。

「今回は宮廷が直接買うものと、それとは別に露店用のものもありますから」

「露店？」

「何ヶ月間に一度、宮廷内で官吏や官女たちを対象に露店が開かれるんです。商人も何人か出入りするんで、この時期はホント忙しくて。まぁそのせいで、通訳さんも体調を崩しちゃったんですけどね……」

「そ、そうなんですね……」

「あまりの量に三日三晩寝ずに検査した日もありますよ」

「三日、三晩……!?」

「大丈夫です、今回はそこまでありませんし。頑張れば明日の朝……昼には戻れます！」

「昼!?」

そんなに拘束されると思ってなかった花琳はひっくり返った声を出す。

「それじゃ、行きましょうか！」

「は、はい……」

今更、嫌とは言えない状況に、花琳は頬を引きつらせたまま首を縦に振った。


外が白み始め、太陽の頭がのぞき始めた時間帯に、花琳は初めての休憩をもらった。夕食や水分補給などは適宜していたが、何もしなくてもいい休憩などは初めてである。

外の空気を吸うために、改め処の詰所から外に出る。網膜に光が突き刺さり、花琳は目を細めた。思いっきり背伸びをすれば、背筋がボキボキと音を立てる。徹夜など本当に久々である。しかも瑾国の言葉と欧羅の言葉を交互に使っていたせいか、頭が疲弊してくらくらした。

（後宮のことをもあるのに、私こんなところにいていいのかな……）

サボっているわけではないが、なんだか少し罪悪感を覚えてしまう。

「おい。終わったか？」

その時、斜め後ろから聞こえてきた声に、花琳ははっとした。もう顔を見なくてもわかる。こんな声色でこんな乱暴な物言いをする人間を、彼女は一人しか知らない。

「ひ、飛耀さん⁉」

「ん」

そこにいたのはやはり飛耀だった。彼は花琳と目が合うと、片手を上げる。

花琳はじりじりと距離を取った。

「ど、どうしてここへ⁉」

「こんなもん残してお前が消えるからだろうが」

そう言って突き出された紙には『楚花琳は預かった』という一文のみが書かれていた。

筆跡は恐ろしいほどにいい。おそらく、皇帝の直筆だろう。硯なのか墨なのか、わずかに付喪の気配がした。

「最初は誘拐か何かを疑って、皆慌てたんだぞ。だけど、正永がこれは陛下の筆跡によく似てる気がする、とか言い出して……」

それで話を聞きに行った先で、花琳の居場所を知ったということだった。

「あいつ、面白くなさそうな顔で『なんだ、もう私のところにたどり着いたのか。つまらん』って……」

「飛耀さん。不敬罪で捕まりますよ？」

皇帝を『あいつ』呼ばわりする人間は瑾国広しといえどなかなかいないだろう。

「さすがに目の前じゃ言わねぇよ。いやでも、今回のことはさすがに腹が立った」

「なんかすみません」

どうやら無駄に心配をかけてしまったようである。飛耀は腕を組みなおし、壁から背中を離した。

「お前が気にすることじゃねぇよ。どうせ無理やり連れてこられたんだろ？」

「まぁ、そうですね。はい」

皇帝の『来い』を断れる人がいるのならば、見てみたいものである。

「……で、こうやって迎えに来たんだが、終わったのか？」

「いや、まだ終わってないので先に帰っていてください！　私も終わったら帰りますから」

好機だと言わんばかりににそう声を張り上げる。しかし――。

「いい。待ってる」

「でも！」

「いい加減話したいこともあるしな」

そう言われて、花琳は押し黙った。話というのは、きっと花琳が飛耀のことを避けている件だろう。それぐらいは言われずともわかる。

「お前は、なんかあるとすぐ人を避けやがって」

「べ、別に……」

「避けてないとは言わせないからな」

「……」

花琳は飛耀から視線をそらした。顔を背けていてもわかるぐらいに彼は花琳のことを見つめている。いや、睨みつけている。

「今日は終わるまでここで待たせてもらう。……昨日みたいにいくと思うなよ」

飛耀の言葉に冷や汗が噴き出た。休憩だというのに、気持ちがまったく休まらない。問い詰められても何と言えばいいのかわからない。正直に言う勇気もない。

花琳が冷や汗を流しながら固まっていると、改め処の建物から衛が顔をのぞかせた。

「花琳さん！　ちょっと早いですが、戻れ――げ、飛耀さん……」

飛耀を見つけた衛はあからさまに顔をしかめた。飛耀はそれに目を眇《すが》める。

「げ、ってなんだ。げ、って」

「いやぁ、ははは……」

衛は顔を強張らせたまま引きつった笑みを浮かべた。何があったのか知らないが、彼は飛耀に相当な苦手意識があるようだった。

「そうか、今日はお前が当番の日か」

「花琳さんには何もしてませんからね！　本当に何も‼」

「なんも疑ってねぇよ。なんかしてたらコイツの態度でわかんだろ？」

飛耀は親指で花琳を指す。

「いくらお前でも、俺たちの知り合いに変なことするとは思ってねぇよ」

「そ、そうですよねー」

明らかに胸をなでおろす衛である。

「ま、もしなんかしてたら容赦はしねぇけどな」

「俊賢！　早く来てー！　お前の兄ぃちゃんちょうこえぇ‼」

衛が涙目で叫ぶと、改め処から俊賢が顔を出した。

そして、飛耀を目に留め、嬉しそうに表情を崩した。

「あ、飛耀兄ぃ！」

「もうちょっとかかんのか？」

「うん。あと荷馬車一台分ってところかな。飛耀兄ぃも見る？　今回は露店の商品もあるからいろいろ面白いし、すっごいよ」

「見てもいいのか?」

「別にいいと思うよ。秘密にする理由がないし。あと、個数とか量とか確かめるの手伝ってくれると助かる」

「げ。そういう作業苦手なんだよな」

「そんなんだから智星兄ぃに脳筋って言われるんだよ?」

「うるせぇなぁ」

にこやかに会話をしながら、飛耀は改め処に入っていく。花琳はおろおろとしていたが、やがて覚悟を決めたように、改め処へ戻っていった。

早朝の冷たい空気を吸いながら、それぞれ紙を片手に、入ってくる予定の商品の数を確かめる。

「……で、衛が俺の名前を使って既婚者に手を出しちゃったんだよね。それで旦那さんが激怒して、江家に乗り込んできて大騒動。飛耀兄ぃも智星兄ぃも出てきて、俺の潔白を証明してくれたんだけど、それなら『俊賢』の名を語ったのは誰だって話になって……」

「いや、ほんとあの時は申し訳ありませんでした……」

「あれは久々に腹が立ったな。智星もめずらしくキレてたし」

「俊賢君、よく衛君と友達続けてるね」

「ま、女にだらしがないだけで、根はいいやつなので」

「しゅんけんー！」

感動した様子でお前と衛は俊賢に抱き着く。

「もうほんとお前と友達続けててよかった！」

「もうそういうことといいから、マジで手を動かして。俺、早く家に帰りたいの」

「……はい」

智星顔負けの毒のある笑みに、衛は顔を青くして頷いた。

通訳としての仕事が終わった花琳は俊賢たちと一緒に入ってきた物の数を数えていた。

ここが終わると、食べ物類は隣にある毒味処に移される。

「それにしても、蜂蜜は大量に仕入れるんですね」

もしかしたら花琳がまるまる入ってしまうかもしれないほどの大甕に蜂蜜は入っていた。

しかもそれが三つ分。やる気はまったくないが、蜂蜜風呂なんてものも余裕でできてしまう量である。

「あぁ、この時期は大量に入荷するんですよ。後宮で流行っているのもありますし、蜂蜜は劣化しにくいですからね。ちゃんと保存すれば二、三年は余裕でもちますし」

「そうなのか？」

「うん。あぁでも、冬場はカビが生えてしまうらしくて、いくつかは捨ててしまうって倉庫番のやつが。もったいないよねー」

「それ、たぶんカビじゃないですよ?」

「え?」

その言葉に俊賢は目を瞬かせた。花琳は紙に目をやったまま続ける。

「蜂蜜は温度が低くなると、結晶になちゃってそう見えるだけなんですよ。鍋にお湯を張って、容器ごとゆっくり温めてやれば元に戻ります」

「へぇ!　知らなかった」

「前の仕事の関係で教えてもらったんです」

付喪に、というのは省いた。これを話すと、付喪のところから説明しなくてはいけなくなる。俊賢には自身のことは何も話していないのだ。

「それはいいこと聞きました!　今度、倉庫番のやつと詳しい話聞きに行ってもいいですか?」

「あ、えっと……大丈夫ですよ?」

本当はあまりよろしくないが、そう答えざるを得ない状況にそう答える。

「もしかして、他の食品の保存方法とかにも詳しかったりします?」

「少しぐらいは?　でも、どちらかといえば、専門は骨董とかなので……」

「骨董？」

「父が骨董品店を営んでまして、私はその手伝いをしてたんです」

だから、食品の保存方法は詳しくないですよ。花琳的にはそう暗に断ったつもりだったのだが、俊賢は意外にも食いついてきた。

「じゃあ、陶器とかには詳しいですか⁉」

「え？　……まぁ。詳しいかどうかはわかりませんが、店では多く取り扱ってましたね」

「それなら、陶器に汚れが付く原因も知ってますか？」

「汚れ？」

「外焼厨房にいる知り合いに聞かれたんですよ。陶器は汚れが付きやすくて困るって。使っているうちにそこまでじゃなくなるらしいんですけど、最初の方についた汚れはなかなか取れないんだって」

女官にまで知り合いがいるらしい。この男、意外に顔が広い。

花琳は今までに聞いた陶器の付喪の話を思い出す。

「えっと。新品の陶器は土でできてるから吸水性があって、いきなり色のついたものを入れると、色がついて取れなくなってしまうんです。ですから、新品の陶器は米のとぎ汁で一度煮て……」

「ちょ、ちょっと待ってください」

そう言って懐から紙を出し、花琳の言ったことを書き込んでいく。人に頼られるのは嬉しいが、何となく入ってはいけないところに足を踏み入れた感がしてしまう。なぜだかわからないが……。

「お前わかってんのか？」

飛耀に小突かれて、花琳は隣を見た。

「何がですか？」

「聞いていてわかったと思うけどな、あいつ相当顔広いぞ。これからいろんなやつがお前の知恵を借りに来ても、俺は知らないからな」

「……」

思わず顔面蒼白である。

「お前、そういうところ間抜けだよな。ま、頑張れ」

そう肩を叩かれ、花琳は頬を引きつらせた。

それから四人は黙々と作業をこなし、官吏の者たちが働き始める前に作業は終了した。

衛は目を回しながら壁により掛かる。

「あーもーつっかれた！　ほんと疲れた！　めっちゃ疲れた‼」

「お疲れ様」

自身も疲れているだろうに、俊賢はそう労《ねぎら》う。

衛は「おう」と答えた後、ふらふらと先ほど検査が終わったばかりの大甕のところへ行った。そして、その甕に抱きついた。

「あぁぁぁ。脳が糖分を求めてる。ちょっとだけ！　ちょっとだけでいいから舐めたいーー！」

「そ、それは、我慢した方が……」

「そうだよ。気持ちはわからなくもないけど、見つかったら大変だよ？」

「衛、やめとけ」

「大丈夫ですよ！　どうせ毒味処で舐めるんですから！」

飛耀の制止も聞かず、衛は大甕の蓋を開ける。その瞬間、蜂蜜特有の甘ったるい香りが室内を満たした。甕の中には揺らめく黄金の液体。

それを見た瞬間、花琳の頭に電撃が走った。

「あー‼」

「ど、どうかしたか⁉」

「私、わかっちゃいました……」

「なにが？」

花琳は飛耀にしか聞こえない声を出す。

「犯人が毒を持ち運んだ方法です」

「蜂蜜に毒が?」

「はい」

その夜、山梔子宮に集まった智星と正永と飛耀に、花琳は自分の考えを話していた。そばには顕現した牡丹と椿もいる。

「以前、蜜甕に使われていた付喪に聞いたことがあるんです。毒空木の近くで蜂蜜を作ると、毒の蜂蜜ができるって。蜂が毒空木の樹液と一緒に毒を運んできてしまうことがあるそうなんです。その蜜は一匙舐めただけで亡くなる方もいるぐらい強力な毒らしくて」

「そもそも花琳ちゃんは、どうして蜂蜜が怪しいと思ったの?」

「木蓮宮にあった蜂蜜と、この山梔子宮にあった蜂蜜の色が違ったからです」

「色?」

「はい」

智星の問いに、花琳は頷く。

「その時は気に留めなかったんですが、今思い出してみるとおかしいなって」

「蜂蜜って、これかしら?」

そう言って正永が出したのは、手のひら大の小さな甕だ。どの宮でも見かけたそれには黄金色の蜂蜜が入っている。花琳は甕の蓋を取った。

「はい。商人の方たちが持ってきた蜂蜜は確かにこの色でした。けれど、木蓮宮にあった蜂蜜はもう少し赤みを帯びてました」

「それは確か?」

「確かですよぉ! 私も確認しました!」

「私もです。色は確かに違いました。こうして匂いを嗅いでみると、香りも少し……」

正永の言葉に椿と牡丹は口々にそういう。

花琳は甕に視線を向けたまま口を開いた。

「蜂蜜は花の種類や集めてくる蜜の種類によって色や香りがまったく異なります。草木の蜜から作った蜂蜜と、樹液を吸った昆虫から出される分泌液から作った蜂蜜。同じ蜂蜜でも色や香りはまったくの別物です」

「なら単純に、別の種類の蜂蜜だったってことはないか? それか、劣化して色が変わったとか……」

今度は飛耀が口を開く。

「その可能性はもちろんあります。特に時間が経った蜂蜜は色が濃くなったり、風味が変わったりしますから」

「なら……」

「ただ、通訳をしている時に商人さんから聞いたんです。宮廷に売っている蜂蜜は、養蜂箱から採れた蜂蜜を全部混ぜて成分を均一化させてるって。だからその年に渡した蜂蜜は基本的に同じ色、同じ香りのはずなんです。そして、蜂蜜を売りに来るのは年に一度。この時期だけだそうです」

花琳は自分の頭の考えをまとめ、組み立てながら話す。

「もちろん、燕妃が古い蜂蜜を使っていたという可能性もあります。蜂蜜は劣化しにくいので一年前の物でも十分使うことができますから。けど、宮を見る限り、燕妃は流行に敏感で新しいものが好きな印象を受けます。そんな彼女が蜂蜜だけ古い物を使うとは私にはどうも思えません」

「確かにな」

「それに、保存用の大きな蜜壺に入っていた蜂蜜はこれと同じ黄金色の蜂蜜でした。日常的に使う小さな甕の蜂蜜だけ前の年の物というのは何となく腑に落ちなくて……」

保存用の蜜壺がいっぱいだったというのならばわからなくもないが、蜜壺は半分ほどなくなっていたのだ。つまり、小さな蜜壺に入っていたのは保存用の蜜壺に入っていたものと同じものであるはず。しかし、その二つは色も香りもまったくの別物だったのだ。

「つまり、小さな甕の方だけ中身が入れ替わっていたってことだね」

「だと思います」

「正永さん、燕妃の荷物今どうなってるかわかりますか？」

「美鳳も捕まえたし、親元に帰されてるはずよ。燕妃の御両親は地方住まいだから、きっと今は運んでる最中でしょうね。蜂蜜のような食品類はもう処分しているでしょうから、蜂蜜に毒が入っていたかどうかは確かめようがないわ」

「もう少し早く気づいてればな」

飛耀は乱暴に頭を掻いた。美鳳が死ぬ前なら木蓮宮にすべて荷物は残っていた。確かめることだってできたはずだ。

「とりあえず、荷物はもう一度戻してもらうように、皇帝にお願いしてみるよ」

「よろしくお願いします」

正永は頬に手を当てたまま、憂いたように息をつく。

「でも、確かに蜂蜜なら、湯呑に入れて飲ませても食べ物に使ってもいいものね。お肌に塗る女性もいるし……」

「肌って。なんかべたべたしそうだな。そもそも肌に塗って毒は身体に入るのかよ？」

「まぁ、無害ってことはないでしょう。一匙で人を殺す蜜よ？　誤って口に入っただけで大変だし、肌からも多少吸収するんじゃないかしら」

怖いわねぇと正永は身を震わせる。

飛耀はなおも怪訝《けげん》な顔で口を開いた。

「蜂蜜が毒の正体だとして。結局、あの改め処をどうやって通すんだよ？　見た目はただの蜂蜜でも、さすがに毒味は躱せねぇんじゃないのか？」

「はい。だから、私はここにあると思うんです」

「何が？」

「毒の養蜂箱が」

第六章　毒の蜜

「かーりーんー‼」

「――ふぉ！」

耳元で叫ばれ、花琳は跳ね起きた。場所は紫芳がお世話になっている内医院の階段だ。寝ぼけ眼を必死に擦れば、心配そうな紫芳の顔が飛び込んでくる。

「眠そうねぇ、大丈夫？」

「へへへ、ちょっと夜更かししすぎちゃったみたい」

花琳は照れたような笑みを見せた。

二日前の夜から、花琳たちは養蜂箱を探していた。本当なら皇帝に頼んで人を動かしてもらい、大人数で探す方が効率的なのだが、養蜂箱の話はまだなんの証拠もなく想像の域を出ないということから、なかなか頼めなかったのだ。燕妃の荷物が帰ってきて甕に少しでも毒入りの蜂蜜が残っていればまた違うのだろうが、それも可能性は低い。

仕方なく四人で探しているのだが、なにせ後宮は広い。宮廷自体が一つの町ほどなのだ。

その三分の一ほどを占める後宮もやはり町の様に広い。動かせる人間も少なく、また表立って探せない場所は夜に探すしかないので、花琳はこの二日間あまり寝ていなかった。

「夜更かしは身体に毒よ？　もし眠れないのなら心を落ち着かせる薬もあるから、処方してもらおうか？」

彼女は親指で内医院を指す。見れば窓の奥に人が見えた。あれがきっと民だろう。民は花琳の視線に気が付いたのか、こちらを向くとにっこり笑って会釈をしてくれた。花琳もそれにこたえるように頭を下げた。ずいぶんと優しそうな人である。

「花琳、本当に薬いる？　どうする？」

花琳は首を振った。

「大丈夫だよ。ありがとうね」

「まぁ、無理しちゃダメよ？」

「うん」

紫芳の優しさに花琳は頷いた。

「そういえばさ、誑妃のところにまた夜渡りがあったんだって？」

「あー、うん」

おそらく花琳を連れ出すために山梔子宮に来たことを言っているのだろう。夜渡りというより、あれは昼渡りだ。よくて夕渡りだろう。確かに皇帝は来たが、雑務を花琳に押し付けに来ただけだ。

「短いうちに何度もあるから、他の妃たちもやきもきしているみたいよ」

「……そうなんだ」

「まぁ、あれは嫉妬したくなるのもわかる綺麗さだもんね」

「そう、だね」

花琳も苦笑いを浮かべる。あれが実は男だと知ったら、妃たちはどういう反応をするのだろう。それはちょっとだけ見てみたい。

「でも、気をつけなさいよ。嫉妬に狂った女は怖いんだから！　特に許貴妃様は気性が荒いって有名だし、華蓉嬪様は父親の出世欲が強すぎて、お世継ぎを……なんてずっと求められているみたいだし」

「紫芳ちゃん、物知りだね」

「まぁね、長年こんなところにいるんだから、多少は情報通になるわよ。妃様たち、下手なことはしてこないと思うけど、ぼーっとしてたら足元掬《すく》われちゃうわよ！　妃さまが身籠ったら、ちゃんと誰より早く陛下に言うのよ？　そしたら変なことはされないと思うし！」

その言葉にどう答えていいかわからず、花琳は「うん。ありがとう」というあたりさわりのない返事をした。誑妃は妊娠しないだろうし、あまり関係のない話である。

「ほんと私、後宮って嫌いよ！　足の引っ張り合いは当たり前だし、人の命をなんとも思ってないようなやつばっかりだし、人のことを縛り付けてばっかりだし！」

「紫芳ちゃんは、後宮から出るつもりはないの？」

ふとそんな疑問が口をついて出た。

「出れないわよ。そんな貯金なんてないもの」

紫芳は肩をすくめた。

後宮から出るためにはある程度まとまった金子がいる。上納金というやつだ。それをお上に渡すことによって、晴れて女官は自由になることができる。しかし、基本的に女官たちはそのお金を払えない。高すぎるのだ。郊外ならば家一軒ぐらい建てられそうな金子をやすやすと用意できる女官は、本当に一握りだけである。

「紫芳ちゃんってお医者さんになりたいんだよね？」

「あれ？　花琳にその話したっけ？」

「あ、え？　――うん！　してもらったよ！」

正確には小玲にしてもらったのだが、今更聞いてないとは言えなかった。

紫芳は一瞬疑問に思ったようだが、ややあって「そっか。確かに話した気もする！」と納得してくれた。

「えっと、上納金って、お医者さんになった後から返せないの？」

「今の陛下になってそういうこともできるようになったんだけどね。でも、そもそもの金額が高いんだから、よほどのことがない限り無理よ。その金額を返しながら医者の試験だってなかなか受けられないだろうし、受かったとしても最初は見習いから始めるからお金はそんなに稼げないし……」

「そうなんだ……」

「そうなのよ。一度でも支払いが滞れば、また後宮に逆戻りだしね。そうなったらただの地獄よ。目も当てられないわ」

紫芳は珍しく硬い声を出す。

「たまにね。本当にたまにだけど、後宮なんて潰れて壊れちゃえばいいのにって、本気で思っちゃう」

険しい顔だった。眉を寄せ、瞳は陰鬱《いんうつ》としていた。

その顔は花琳が初めて見る紫芳の顔だった。

「……紫芳ちゃん……？」

「でもま、私の命は後宮に救われた命でもあるんだけどね！」

次の瞬間には元の明るい彼女に戻っていた。

しかし、花琳の頭には険しい彼女の顔がこびりついて離れなかった。

「ふふふ、今朝の飛耀ちゃん相当間抜けだったわぁ。ちょっと花琳ちゃんに話しかけただけなのに逃げられて、最後には『今日は飛耀さんと話したくない気分なんです！』って叫ばれて。あん時の飛耀ちゃんの顔、ホント最高だったわぁ」

「そうかよ……」

口元に手を当てながらくすくすと笑う正永に、飛耀は口を尖らせながら視線をそらした。

◆◇◆

二人は養蜂箱を探していた。美鳳の働いていた西側はあらかた探し終わったので、次は中央と東側を捜索予定である。といっても、細かいところまで探せていないので、まだ西側にも養蜂箱がある可能性もある。東も西も中央もざっくり探した後は、そういう細かいところを探していく予定だ。

飛耀は未だに花琳に避けられていた。夜中に養蜂箱を探しに行くという話になり、二人一組に分かれた時も『飛耀さんと組むのは嫌です』とはっきり言われた。今朝だって挨拶しても会釈だけで、すぐ正永のところに飛んでいくのだ。あれはちょっと朝から腹が立った。

「ほんと、めんどくせぇ……」

こう見えて、めったなことで怒る飛耀ではないが、さすがに次は怒ってしまうかもしれない。わけもわからないまま避けられているこっちの身にもなって欲しい。

「本当に変なことしてないんでしょうねぇ」

花琳の保護者のような顔で、正永は目を眇めた。

それに対抗するように飛耀も正永を睨みつける。

「してねぇよ！」

「それなら、本当になんでなのかしらねぇ。ちょっと前まで仲よかったのにー」

「さぁな、知らねぇ。気分だろ、気分」

投げ捨てるように飛耀はそう言う。しかし、次の瞬間には真剣な顔で、視線を落としていた。

「俺が避けられる分にはいいんだよ。飽きるまで付き合ってやればいいだけだしな。ただこういう時、大体あいつ無理してるから、それが心配なんだよ」

「あら、男前発言」

「……茶化すなよ」

飛耀の眉間に皺が寄る。

「ふふふ。気分を害したなら、ごめんなさいね」

「……」

「でも、花琳ちゃんが前に悩んでたのって、不死についてなんでしょ？」

「そうだな」

「なら、今回うじうじしちゃってるのも、先祖の仙女に原因があるのかもしれないわね」

その言葉に飛耀は顔を上げる。

「花琳ちゃんって、ああ見えてそんなに弱そうな子には見えないもの。なら、彼女の急所なるところなんて限られてるでしょ？」

「そんなことわかんのかよ」

「あら。武官としてもだけれど、育手としても優秀だったのよ、私。人を見る目にかけては、誰よりも優秀なつもりよ」

片目をつむって見せる正永に、飛耀はげんなりとした顔を向ける。女装をしている時はそれなりに見慣れたが、今は男の姿なのだ。正直違和感しかない。

「なぁ、仙女の話って覚えてるか？」

「まぁ、大まかには？　でも、子供の頃の話過ぎてあまり覚えてないわよ。そもそも私はあれ、童話だと思ってたんだし」

「だよな」

飛耀だって花琳に出会うまではそういう認識だった。幼い頃に仙女の話は読んでもらったことがあるけれど、まさか本当に仙女が存在するだなんて幼い頃の飛耀だって信じてはいなかった。

「そんなに知りたいのなら、後宮にある書房に行ってみればいいんじゃないかしら?」

「書房?」

「あれだけ有名な物語ですもの。きっと写本が置いてあるはずよ。いろいろなパターンが出てるから、どの話なのかはわからないけれどね」

飛耀はしばらく考えたのち「気が向いたらな」という可愛くない言葉を返した。

◆◇◆

「ただいま帰りました」

「あ、花琳ちゃん。お帰り」

夕方、山梔子宮に帰ってきた花琳を出迎えたのは智星だった。彼は湯呑と皿を炊事場の部屋に運んでいる。いつもなら皇帝から借りている二人の女官がこういったことをするはずなのだが、今はどこを見回してもいなかった。

「あの、女官さんは?」

「帰ってもらったよ。ちょっと息苦しくて早めにね。いつまでも声高くするの疲れるし」

「あぁ。二人とも、智星さんが男だってこと知りませんからね」

そう苦笑しながら部屋を見れば、朝出ていった時より少し散らかっている。

「もしかして、今まで他の妃来てました？」

「あぁ、うん。全員ね」

「全員⁉」

「どうりで、すごい量の献上品ですね」

「ですねぇ」

いつの間に顕現したのか、椿と牡丹は部屋の隅に置いてある妃たちから贈られただろう品を眺めている。見るからに高価そうな品ばかりで目が痛くなってくる。

「俺に媚を売っても仕方がないんだけどね。美容の秘訣なんか聞かれても、正直よくわからないし」

そう言いながらも妃と交流を持っているのは、調査のためだ。

「何かわかりましたかぁ？」

「聞き出せましたか？」

可愛らしい二対の瞳に見上げられ、智星は困ったように微笑んだ。

「何がわかったとかはあまりないんだけど。とりあえずそれとなく話を聞いて、今妃たちが使用している蜂蜜に毒がないことは確認したよ。それと、赤色の蜂蜜は劣化している証拠から使わないようにって忠告もしといた。『美容にもよくないですよ』って」

「それなら安心ですね」

「妃さまたち、美容に敏感ですからねぇ」

あれだけ見た目にこだわっている妃たちだ。こんなに綺麗な妃からの助言をむげにはしないだろう。

「あのさ、花琳ちゃん。俺少し考えたんだけど――」

「ふわぁ……」

智星が喋り出すのと同時にあくびが出て、花琳は狼狽えた。

「あ、わわわわ！　ごめんなさい！　話って何ですか？」

「ふふ。俺の話は花琳ちゃんが一眠りしてからにしようか」

「だ、大丈夫です！　失礼しました！」

「いいよ、俺の話はあとでみんなが集まった時にでもするから。それより花琳ちゃんはちょっと部屋で寝ておいで。昨日も遅かったし、皆が帰ってくるまで少し時間もあるだろうから」

兄の顔で智星は微笑む。

「それよりも、気が回らなくてごめんね？　正永さんや飛耀と同じように考えちゃだめだよね。花琳ちゃんは普通の女の子なんだし」

「私としては、なんで皆さんがぴんぴんしているのかが不思議です」

　花琳は探索から帰るとすぐに寝てしまうのだが、智星たちはそれから報告会をするのだ。彼女よりも智星たちの方が寝ていないはずなのに、彼らの方がむしろぴんぴんとしている。

「俺らはほら、夜勤みたいなのもあるから。訓練によっては三日寝ないでやるようなものもあるし」

「……私にそれは、ちょっと無理ですね」

　花琳にとって布団は、最大にして最高の友人である。もし付喪化したら、絶対に仲良くなれるだろうという確信もある。

「だから本当に飛耀たちが帰るまで寝てればいいよ。そうじゃないにしても休憩してて。そこにあるものも自由に食べていいし」

　智星が指すのは低い卓の上にある、大量のお茶請けだ。

「これは？」

「他の妃たちが贈り物の他に持ってきてくれてね。今日はそれをつつきながらいろいろ話をしてたんだよ。毒味も終わっているから、よかったらどうぞ」

「智星さんは？」

「俺は甘いものあまり好きじゃないんだよね。飛耀はこういうの好きなんだけど」

「そうですか」

　花琳は卓の上を見る。切り分けて食べるようなお茶請けばかりだ。どれもおいしそうで、甘そうである。疲れた体にはよく効きそうだ。

「じゃあ、これ……」

花琳はその中にぽつんと置いてあった月餅を手に取る。切り分けるための包丁を出すのも面倒だったし、洗い物も増やしたくなかったからだ。綺麗な花の絵が描いてあるそれを手に取り、齧《かじ》る。餡子と栗の甘さと共に何かがとろりと口に広がった。

「え？　ちょっと待って」

「ふぁい？」

「それ、見たことないやつなんだけど……」

智星がそう言ったと時にはもう、花琳は口の中の物を飲み下していた。

「え？」

次の瞬間、胃がひっくり返るような気持ち悪さに見舞われる。口を押さえながら花琳が蹲《うずくま》ると、智星が慌てて駆け寄ってきた。

◆◇◆

「それで、容態は？」

「すぐに吐き出させたから、たぶんそこまでは。今寝てるのは寝不足のせいもあるんだと思います」

花琳が倒れたその夜、正永と智星は妃の寝所で話し合っていた。女官の寝所で寝ている花琳のそばには、現在、牡丹と椿の二人と飛耀が付いている。

「でも、彼女だからあの程度で済んだだけで、普通の人だったらとんでもないことになってたかもしれません」

「花琳ちゃんの不死性に救われたってことね」

「図《はか》らずも、ですけどね」

智星は深いため息をついた。自分を責めているせいか、その表情は固い。

彼は花琳が齧った月餅の断面を正永に見せた。

「これを見てもらえますか？」

月餅の中心からは赤みがかった蜂蜜がとろりと流れていた。これが花琳の言っていた毒の蜂蜜だろう。確かに山梔子宮にある蜂蜜とは色が若干違う。

「花琳ちゃんの予想が正しかったってことね。ってことは、狙われたのは誼妃？」

「だと思います。それか毒味をするだろう女官ですかね」

お茶請けが切り分けるものばかりだったのは、その方が毒味がしやすいからだ。だから、個々に分かれていて毒味のしにくい月餅など、どの妃も持ってきていない。それなのに月餅があったということは、何者かが帰り際にでもそれを潜ませたということを意味していた。毒味が終わったと安心して誑妃が口をつければ幸いだし、そうでなくとも自身の周りにいる女官に渡したり、毒味が食べて死ねば誑妃への牽制になる。

「次はお前だ。ってことかしらね」

「そう、でしょうね」

智星は再び深いため息をついた。落ち込んだ様子の彼の肩を正永は叩く。

「元気出しなさいよ。貴方が悪いわけじゃないわ。毒を仕込んだやつが全部悪いのよ！」

「それでも俺のせいですよ。花琳ちゃんにお茶請けをすすめたのは俺ですし……」

智星は組んだ手に額をつけて俯いている。

「でも、今日のことで確信しました」

「何を？」

「この毒殺騒動には、黒幕がいます」

◆◇◆

目覚めた時にはもう日が落ちていた。燭台の灯りで橙色に揺らめく天井を見ながら、花琳は意識を覚醒させた。

（どうして、寝てるんだろう）

自分がこうして寝ている状況が思い出せなくて、混乱する。布団に入った記憶などないのだ。あたりを見渡そうと首を捻れば、聞き覚えのある声が耳朶に届いた。

「この寝坊助《ねぼすけ》が」

「へ？」

声のした方を見る。声の主は花琳の寝台の隣に椅子を持ってきて座っているようだった。うす暗い中、花琳は寝ぼけ眼を細くさせて声の主を見る。そうしてようやく焦点が合った瞬間、彼女はひっくり返った声を出した。

「ひょう……さん？　飛耀さん⁉」

寝台から飛び上がり、思わず逃げようとしてしまう。しかし、伸びてきた手に手首が絡めとられ、すぐに制止させられた。

「逃げんな。病み上がりなんだから」

その言葉に、花琳は「……はい」とだけ答え、寝台に戻る。きちんと寝台に座り直せば、彼は膝に布団をかけてくれた。そこでようやく、花琳は己が陥ってる状況を思い出す。

（そうだ。私、月餅に入っていた毒を食べちゃって……）

適切な処理のおかげか、不死のせいかはわからないが、体調は別段悪いということはない。むしろ頭がさえてすっきりしているぐらいだ。

「どこか気持ち悪いところは？」

「ありません」

「痛いところは？」

「それも大丈夫です」

「記憶はあるか？」

「えっと、さっき思い出しました」

「ん」

飛耀は花琳の手首を人差し指で探る。どうやら、脈を診ているようだ。彼に手首を掴まれて、頬が熱くなった。花琳はその顔を見られないように俯く。

「……手馴れてますね」

「まぁ、武官は怪我をするのが仕事みたいなところがあるからな」

応急処置と状況確認はできるということだろう。飛耀は黙々と花琳の状態を確認していく。

「あ、あの。椿と牡丹は？」

「身体を拭くための手ぬぐいを持ってくるとかなんとか言って、さっき部屋を出ていったぞ」

「そうですか……」

「そろそろ戻ってくるんじゃないか？」

二人っきりでいるのが耐えられない花琳からすれば、そろそろではなく今すぐ戻ってきて欲しい。固くなる花琳を尻目に、飛耀は状況確認を続けながら口を開いた。

「あんまり心配かけるなよ」

「え？」

「牡丹なんかかわいそうなぐらい動揺してたぞ。椿だって普段より冷静さに欠けてたし……」

出会ったばかりの頃なら考えられないような言葉に、花琳は小さくふき出した。

「んだよ」

「飛耀さんって牡丹と仲よくなりましたよね。最初はあんなにいがみ合ってたのに」

「仲良くっていうのか。これは……」

「牡丹、なんだかんだ言って飛耀さんのこと好きですよ？　ああ見えて、嫌いな人にはとことん冷たい子ですから」

花琳の言葉に、飛耀はそっけなく「そうかよ」と応じる。

そんな彼を見た後、花琳は膝に置いてある拳に視線を戻した。

(椿も正永さんや智星さんと仲いいし。二人とも私がここから出ていくって言ったら落ち込むだろうな……)

不老のことや今後のことは二人に話していなかった。無駄に心配をかけてもいけないと思ったからだ。花琳が飛耀のことを避け続けていることに関しても『意識しちゃってますねぇ』と良いようにとってくれている。

（もしかして二人ともここに残りたいかな。私がいなくなっても顕現できないだけってだけだし。あの二人ならもう何年かすれば付喪神になりそうな気もするし……）

そうなれば花琳の手など借りなくても二人は今までと同じように飛耀たちと接することができるだろう。飛耀たちもきっと大切にしてくれるだろうし、置いていってもきっと支障はない。

（でもそうなったら、寂しいなぁ）

花琳のわがままに付き合って、今まで二人はずっと一緒にいてくれた。簪である牡丹は本来人が多いところが好きだし、櫛である椿は正永と同じように流行の服や小物を追うのが好きだ。その証拠に、こちらに来て二人ともすごく生き生きしているように見える。

でも花琳と一緒に山に籠ってしまったら、また元の完全引きこもり生活に逆戻りだ。

花琳にとって二人はかけがえのない存在だ。しかしだからこそ、二人のことを考えるのならば、自分はここで二人を置いていくべきなのかもしれない。

（諦めなきゃならないものが多いなぁ……）

描いていた未来予想図から二人の姿が消えて、また一段と寂しくなる。

もしかしたら、結局自分のそばには何も残らないのかもしれない。

仙女と同じように独りで生きて、独りで死ぬ。そういう未来しかないのかもしれない。

「また何か変なこと考えてるだろ」

その声で現実に戻ってきた花琳は顔を上げた。彼は不機嫌そうな顔で彼女をじっと見つめている。飛耀はおもむろに立ち上がると、窓を開けた。

「身体が平気なら、外出るか？」

「え？」

「籠ってばかりいるから、変なことばかりうだうだ考えるんだよ」

花琳は外に目をやった。窓から見える月の高さからいって、今は深夜だろう。こんな時間に外に出れば、智星だって正永だって起こしてしまう。二人とも物音には敏感なのだ。

「いえ、今はやめ――」

「決めた。行くぞ」

やめときます、と言いかけた花琳を飛耀は遮《さえぎ》る。そうして、窓の縁を掴むと、彼はひょいっとそこから外に身を躍らせた。

「ええ!?」

思わぬ行動に窓に駆け寄った。

「扉から出たら、智星たちも起きちまうだろ？」

「そ、そうですけど……」

同じようなことを考えているのに、花琳と飛耀の気の使い方は根本的に違う気がする。

驚きのあまり目を白黒させていると、彼は彼女に向かって腕を伸ばしてきた。

「ほら」

「え?」

「一人じゃ出れないだろ?」

そう言うが早いか、花琳の脇に手が伸びて、彼女はまるで幼子の様に抱き上げられてしまう。

「ひゃあぁ!」

「こら、静かにしろ」

気が付いた時には足は地面についていた。

「こっちだ」

「えっと」

「また抱き上げられたいのか?」

「い、いえ……」

花琳は先導する飛耀についていく。たどり着いたのは山梔子宮の裏だった。そこにいたのは……。

「猫!?」

にゃぁんと可愛らしく鳴く子猫の姿。飛耀がしゃがむと、子猫はそばに来て、すり寄ってくる。その愛らしさに、先ほどまでの陰鬱とした気分も一瞬で吹き飛んだ。

「可愛いーっ！」

「ちょっと前に見つけたんだよ。どうやら親と離れたみたいでな」

「わ、私も触りたいです！　だっこ！　だっこしてみたいです‼」

「服、汚れるぞ」

「大丈夫です！」

しゃがみ込んだ花琳の太腿に飛耀は子猫を載せてくれる。少し汚れてはいるものの、くりくりとした大きな瞳を持つ可愛らしい茶虎だ。にゃぁん、と、鳴くその声でさえも可愛らしい。

「可愛いですねぇ。迷い猫ですか？」

「だろうな。誰かが扉から出入りする時に間違って入ってきちまったんだろ」

「それにしても可愛いなぁ」

思わず猫なで声を出してしまう。人になれているのか、花琳が触っても子猫はまったく逃げるそぶりを見せない。むしろ背中をこすりつけ、甘えてくる始末だ。

「この猫、名前あるんですか？」

「ねぇよ。『ねこ』って呼んでる」

「『ねこ』⁉　ダメですよ、ちゃんと名前つけてあげないと！　私がつけてもいいですか？」

「好きにしろよ」

花琳は、子猫を撫でながら頭を捻る。茶虎柄なので『トラ』も可愛いだろう。しかし、見る限り雌のようなのでできればもうちょっと可愛い名前にしてやりたい。ふわふわのしっぽが綿毛のようなので『ワタゲ』とかでも可愛いし、『チビ』や『ハナ』なんてありきたりな名前でもいい。

あでもないこうでもないと考えを巡らせていると、隣で飛耀が笑う気配がした。

「その猫、この件が終わったら『祭具管理処』で飼うか？」

「へ？」

「連れ帰っても誰も何も言わねぇだろ。俺が見つけた時は腹空かせて死にそうになってたから、誰かが飼ってるってわけでもないんだろうし」

花琳は楽しそうに自分の手とじゃれる子猫を見下ろして、しばらく黙った。そうして、何かを諦めるような声を出す。

「……それはやめときます」

「なんで？」

「連れて帰っても、私はお世話できませんし……」

先ほどまでの胸の締め付けが戻ってくる。子猫を地面におろせば、子猫はまだ抱いて欲しそうに足元に身体を擂り寄せてきた。

出ていくつもりの人間が、可愛いからという理由だけで子猫を連れ帰ってはだめだろう。子猫にも悪いし、飛耀たちにも無駄な負担を残してしまうことになる。

「あぁ、でも！　飛耀さんたちがお世話してくれるって言うなら、連れて帰りましょう！」

悟らせないようにわざと元気な声でそう言うと、飛耀は目を眇めた。

「あのさ、お前もしかして、自分が不老かもしれないって悩んでるんじゃないか？」

「え？」

「で、そのことをうだうだ悩んで、先祖の仙女みたいに山にでも籠ろうとしている、とか？」

「──っ！」

あまりの驚きに、心臓が止まったのかと思った。心が読めるのではないかというほどの的確な指摘に、二の句がつげない。

「その顔は図星か」

「な、なっ」

「大丈夫だよ。心なんか読めねぇから」

そう言いながらも彼は、花琳の心を言い当てる。

飛耀は自身の頭を掻きむしった。

「あーもー！　なんかうだうだ悩んでるかと思ったら、そんなことかよ‼　くだらねぇ！」

「く、くだらなくなんか！」

「不老で不死で、何が問題なんだよ？」

「へ？」

「というか、本当に不老なのか？」

「いやでも……」

そう言われると、未確定だとしか言いようがない。けれど、不死なのだからきっと不老でもあるのだろうと、花琳はそう考えていた。そう信じ込んでいた。数秒前までは……。

「まだ十六年しか生きてねぇんだろ？　それとも何か？　その見た目で百歳とかなのかよ？」

「いえ、……十六歳です」

「だろうな。んな落ち着きのない百歳がいてたまるか」

先ほどまでの憂いを、彼はそう言ってぶった切った。乱暴だ。あまりにも乱暴すぎる。けれど、なぜかそれで嫌な気にはならなかった。むしろ段々と心が軽くなっていく。

「まだ確定する前なんだろ？　なのに、あらかじめ予防線張って、皆の前から消えようって？　あーもー、お前のそういうところ、本当に面倒くさい！」

「め、面倒くさいって！」

「面倒くさいだろ？　俺から言わせれば、なんでんなことでうじうじしてんだって話だよ！　不老だなんだ騒ぐのは、歳を取らなくなってからでも遅くねぇだろ？」

あまりの言われように、清々しさを越えてだんだんと腹が立ってくる。

花琳は思わず立ち上がった。

「そ、そうですけど！　でも、本当に不老だったらどうしたらいいんですか！　飛耀さんは知らないかもですけど、仙女のお話は本当はあんなに綺麗なものじゃなくて！　彼女は人に裏切られたりとか、騙されたりとか、先立たれたりとか、本当はもっといろいろあって――」

「で？」

「『で？』」

怒りを越えて、今度は呆けてしまう。なんでこの人はこんなにも軽く考えられるのだろうか。所詮《しょせん》、他人事だからだろうか。しかし、彼にはそんな投げやりな態度はまったく見られない。

「それなら、俺が死んでから山に籠ればいいだろ。そんなすぐじゃなくて」

「……死んでから？」

「お前がどうしても山に籠りたいって話ならな」

飛耀は立ち上がり、花琳の頭をくしゃりとかき混ぜた。

「いや、でも！　そんなことをしたら、飛耀さんたちだって何か言われてしまうかもしれませんし……」

「言いたいやつには言わせとけばいいだろ、んなもん」

「あ、あと！　そんなに長い時間一緒にいたら、それはそれで置いていかれるのが寂しいというか……」

仙女だってそれで苦悩して山に籠ったのだ。同じ状況になれば、花琳だって苦悩するにきまっている。

「それなら、寂しくならねぇように、思い出でも何でもいっぱい作っておけばいいだろ？」

「思い出？」

意味がわからない。そもそも、思い出なんかでなんとかなるのかさえもわからない。それは余計に辛くなったりしないのだろうか。出会って数ヶ月の今でさえ、離れた後のことを考えるのは怖いのに、何年も一緒だったら耐えられるかどうかわからない。

なのに彼は自信満々にこう宣うのだ。

「俺が死んで向こう十年は寂しくならないような思い出作ってやるよ。それ以降はさすがに面倒みきれんから勝手にしろ」

「勝手にしろ⁉」

「……でもま、未来のことなんてわからねぇんだし、それはその時考えればいいだろ？」

なぜだろう。妙に納得してしまいそうになる。彼が自信満々にそう言っているからだろうか。花琳の思考回路と飛耀の思考回路はきっとまったくの別ものだ。

「だからさ。俺が死ぬまではそばに居ろよ。それで万事解決だろうが」

なぜか気恥ずかしそうに顔を背けてそういう飛耀に、花琳は首を傾けた。

「いや、でも、飛耀さんがずっと一緒にいてくれるかどうかなんて、わからないじゃないですか。それなのに死ぬまでって……」

彼はいずれ奥さんを迎えるのだろうし、そうでなくとも友人としていつまで一緒にいられるかわからない。自分で言っていて悲しくなってくるが、彼は花琳のような人間は得意ではないはずなのだ。

花琳の言葉に、飛耀は眉を寄せた。

「……俺は割と一途なつもりなんだが」

「一途？」

「気は移る方じゃない」

「それは…………よかったですね？」

意味がわからないままそう答えると、飛耀が声を上げた。

「あー！　なんで他人事なんだよ！　もしかして、暗に振ってんのか⁉」

「ふ、振る⁉　私、腕力ありませんし、飛耀さんのことはさすがに振り回せないです‼」

「馬鹿だろ。そういう意味だったらとっくの昔に振り回されてるわ！」

慌てる花琳に、飛耀は苛々したようにそう言い、目元を覆う。

「なんでわかってねぇんだよ」

「何に怒っているのかよくわからないんですが……」

「俺はなんでお前がわかってねぇのかわかんねぇよ！　大体、智星や正永にまで筒抜けなのに、ちゃんと言った当人に伝わってないってどういうことなんだよ！」

「私は飛耀さんが何を言ってるのかがわかりません」

「だから！」

何か言いかけた口が開いて閉じる。彼は視線を逸らすと、軽く下唇を噛んだ。

「……好きだっつってんだよ」

「え？」

「だから、好きだって……」

「……」

短い沈黙が二人の間に落ちる。

花琳はしばらく固まった後に、口を開いた。

「……それは、えっと……」

「んだよ。まだ何かいるのかよ」

「お友達として、ですか?」

その瞬間、飛耀の頬が引きつった。そして、頭を掴まれ、髪の毛をかき混ぜられる。

「いたっ! ちょ、ひ、飛耀さん! 痛いし、ぐちゃぐちゃになります‼ ぎゃぁっ!」

「一体、どういう思考回路してんだよ、お前は!」

「いたいいたいいたいいたい‼」

ぐいぐいと頭が締め付けられて痛い。拳骨じゃないのがまだ救いだ。

「とりあえず! お前が逃げても、山の中まで追いかけて、必ず引きずり出してやるからな! だから、俺が死ぬまでは我慢してろ! 引きこもるのは家の中ぐらいにしとけ!」

その乱暴な物言いに、なぜか笑いがこみあげてきて、胸が温かくなった。さっきまでもんもんと悩んでいた自分が心底、馬鹿らしくなってくる。

そうだ、未来はわからないのだ。自分が仙女と同じ人生を歩むかどうかもわからないのに、恐れてばかりいてもしょうがない。そもそも、不老じゃない可能性だって十分にある。なんの根拠もない暴言だが、彼が言っていることは心底正しい。

「返事は?」

頭を掴んだまま、そう聞かれた。眉間には皺が寄っていて不機嫌そうだが、心なしか目尻は赤い気がする。

「……はい。じゃあ、よろしくお願いします」

花琳が笑いながら返事をすると、飛耀もまた微笑み「よし」と返してくれた。

◆◇◆

その話し合いは翌朝に持たれた。

「黒幕、ですか?」

「うん。おそらく、この毒殺騒動には黒幕がいる」

確信したようにそういうのは智星だ。部屋の中には飛耀と智星と花琳、それと彼女の膝の上に牡丹と椿がいた。先に話を聞いた正永は陛下に話を通している最中らしい。

「黒幕って、誰かが美鳳さんと便乗犯に指示を出してたってことですかぁ?」

牡丹は小さな手をぴしりと上げて発言する。

「違う、そういう黒幕じゃない。この毒殺騒動には、毒の蜂蜜を作っている黒幕と、その毒を使って人を殺している人間が複数いるってことなんだ」

「つまり、誰かがこの後宮に毒をバラまいているということですか?」

今度は椿の手が伸びる。智星は頷いた。

「そう。俺たちは今まで、一連の毒殺騒動主犯は美鳳で、便乗犯は美鳳の隠した養蜂箱を使って殺人をしたのだと思っていた。だけど、そう解釈すると不可解なことが二つ出てくるんだ」

「二つ？」

智星は人差し指を立てた。

「まず一つ目は、蜂蜜を作る技術を誰が美鳳に教えたのか。果たして彼女は本当に、その技術を持っていたのか。ということだ」

それぞれを前に、智星は淡々と続ける。

「彼女は下働きの女官で、字も読めなかった。本で読んで覚えたということはない。そもそも養蜂に関するようなことを書いた本は後宮の書房にはない」

「実家の方が養蜂をしていたって可能性は？」

「それもないよ。そのあたりはもう調べがついている」

「それなら、誰かに教えてもらったって可能性はありませんか？」

「その可能性はないこともないけど、彼女の周りの女官は当然下働きの女官だ。識字率は低いし、今に至るまでそういう話が出てこないということは可能性として低いと思う」

美鳳に関しては、彼女が燕妃殺害の犯人だとわかった時点で結構念入りに調べられている。しかし彼女が養蜂の話を聞いてきたとか、そういう話は一切聞かなかった。

「養蜂は特別な技術が必要ってわけじゃない。方法を知っていれば出来るし、手間がかかるわけじゃない。だけど、何も知らない人間ができるってほど、簡単なものじゃないんだよ。まずこれが一つ目」

智星は続けて中指を立てた。

「そして二つ目。便乗犯の対象に一貫性がない」

「一貫性?」

飛耀の呟きに智星は頷く。

「今回、本当に狙われたのは花琳ちゃんじゃなくて俺だ。正確には誑妃が狙われたんだと思う。理由はおそらく嫉妬。後宮で誑妃が陛下の寵愛を受けてるんじゃないかって噂は、結構立っていたからね。犯行が行われた状況的にも、妃か、妃を慕う者の犯行だというのは、ほぼほぼ確定だ」

「あっ! 嫉妬の件は私も紫芳ちゃんに聞きました! 誑妃にそういう噂があるから、気をつけてあげた方がいいって」

紫芳に聞いた話を思い出す。あの時話に上がっていたのは許貴妃と華蓉嬪の二人だ。その二人は花琳が倒れた日に山梔子宮に来ていたという。

「うん。そして、誑妃の前に狙われて亡くなったのは下働きの女官だ。俺は、誑妃と女官が同じ人間に狙われたのだとはどうしても思えない」

「どういうことだ？」

「犯人像が掴めないんだよ。誑妃を狙ったのは妃か妃付きの女官というのはほとんど確定だ。だけど彼女たちには下働きの女官を殺す理由が見当たらない」

「何かされて恨みを持っていたとかはないですか？」

椿の問いに智星は首を振る。

「後宮《ここ》では妃や妃付きの女官が下働きの女官に何かしてもさしたる問題にはならないんだよ。それに殺さなくても、殺すよりもひどい目に合わせる方法はいくらでもある。それこそ燕妃がやったようにね」

ぞっとする話だが、本当のことだろう。現にこの毒殺騒動だって燕妃が亡くならなかったらきっと表沙汰にならなかった。それぐらいここでの女官の命は軽い。特に下働きの女官になればなおさらだ。

「この二点から、俺は犯人が少なくとも三人いたと思っている。けれど、毒はまったく同じものを使ってる。つまりここから導き出されるのは、何者かが殺意を持っている者に毒の蜂蜜を提供しているってことだ」

「そこまではわかった。黒幕がいたとして、肝心の蜂蜜はどうやって渡してたんだよ？『誰かを殺したいほど恨んでいるやつに蜂蜜を渡す』って、字面ならなんとも思わねぇが、結構難しいぞ？　なんか特殊なつながりでもあったってのか？」

飛耀の言葉に智星は首を振る。

「そのあたりはまだ。今、正永さんが陛下のところへ行って、そのあたりを調べてもらうように頼んでもらってる。個人的には飛耀が言うように何か特殊なつながりがあって、紹介制かなにかで黒幕のところにつながってる可能性が高いかなって思ってるけど……」

「なんかふんわりした話だな」

「俺としては可能性が高いと思ってるけど、まだ推測の範囲を出ない話だからね」

話し終えた智星は身体の力を抜いた。

「とりあえず、俺たちがやることは変わらない。毒の養蜂箱を探し、押さえる。それさえあれば、あとは芋づる式に犯人は判明するはずだ」

「ま、結局それだわな」

しかし、今まで探して見つかってないのだ。何かいい方法はないものかと花琳も頭を捻る。

その時、卓の上の置いてある一枚の紙が目に入った。広げてみると、それは花琳を攫った後の皇帝からの手紙だった。飛耀に見せてもらった時と同じようにそれには『楚花琳は預かった』と書いてある。そこから感じるわずかな付喪の気配。それを感じ取った瞬間、花琳は閃《ひらめ》いた。

「もしかしたら――っ！」

「花琳さま、どうかしましたかぁ？」

「どうかしたのですか？」

椿と牡丹が同時に首を捻る。花琳は二人にだけ聞こえるように声を潜《ひそ》めた。

「……で、……なんだけど。出来ると思う？」

「おぉ！　花琳さますごーい！」

「よく思いつきましたね。可能かどうかはやってみないとわかりませんが、私は出来ると思いますよ」

牡丹と椿の声に、飛耀と智星も反応する。

「なんかいい考えでも浮かんだのか？」

「何かあるの？」

「えっと、成功するかどうかわからないし、陛下に断られたら無理なんですけど……」

「無理でも仕方がないよ。出来ることはやってみよう」

「そうそう。で、俺らは何すればいいんだよ？」

「では、とりあえず陛下からこの手紙に使った硯と墨と筆をお借りできますか？　それと、雑用紙でいいので紙をたくさん」

その言葉に今度は智星と飛耀が同時に首をかしげた。

作戦は、その夜決行された。

「こ、こわい……」

花琳は塀の上で飛耀に支えられながら、身を震わせていた。手の中には竹でできた籠。さらにその中には、四角く切った黒い紙が入っていた。大きさは花弁大だ。それは陛下から借りた墨で染め上げた紙を、乾かして四角く切ったものだった。

「本当にそれでなんとかなんのか？」

落ちないようにと、彼女の腰に手を回している飛耀が怪訝な顔でそう言う。

花琳は泣きそうな顔で振り返った。

「わ、わかりません！　でも、たぶんなんとかなると思います！」

「多分って」

「こんな風な形で付喪を顕現させたことがないから、わかりませんよ！　でも、成功すれば人より早く見つけ出すことができると思います」

「ゴミをばらまくことにならなけりゃいいが」

「そ、それは大丈夫です。この子たちに付喪が宿ってるのは確認済みですから」

その紙には付喪が宿っていた。正確には、紙に染み込ませた墨に付喪が宿っていたのだ。

それを摺《す》って、塗って、乾かし、四角く切ったものが花琳の持つ竹籠に入っている。要はこれで一つの付喪なのだ。

　基本、消耗品に付喪は宿らないのだが、その墨は結構特別なものだったらしく、年に何回か特使へ手紙を書く時にしか使わないという品だった。当然使う頻度は少ない上に、大切に扱われる。付喪が宿るのも無理もない話だった。あの『楚花琳は預かった』という手紙を書いた時、皇帝はちょうど特使へ手紙を書いていた時らしく、続けて使ったのだそうだ。

「で、でも、あの墨半分以上使って大丈夫でしたかね⁉」

「大丈夫だろ。墨を返しに行った時も笑って許してくれたじゃねぇか」

「そ、そうですけど！」

　花琳は墨を返しに行った時のことを思い出す。

　半分になった墨を見ながら皇帝は笑って――。

『お前の給金の十年分、よくぞ使い切ったな！　お前は、見かけによらず豪胆なやつなのだな！』

　いいえ、今知りました陛下。

　それはさすがに言えなかった。どうりで普通は宿らない墨に付喪が宿っているはずである。

「もう、いいからやっちまえ。智星も正永も待ちくたびれてるだろうよ」

「わ、わかりました！」

花琳は籠の中に片手を突っ込み、黒い紙を掬《すく》った。そうして「よろしくね」と小さく呟いた後に、ふぅっと息を吹きかける。その瞬間、手のひらからたくさんの鳥が生まれた。

「わっ！」

現れた鳥は自身の破片をくちばしにくわえると、そのまま飛び去ってしまう。そしてそれについていくように、籠の中に残っていた紙も次々と飛び立っていく。

何百という鳥が一斉に飛び立って後宮全体に広がった。その光景はもはや圧巻だ。

花琳は塀から降りる。すると下で待っていた正永と智星が近寄ってきた。

「お疲れ様」

「花琳ちゃんってすっごいわねぇ。びっくりしちゃった！」

「あいつら、お前から離れてちゃんと戻ってくるのか？」

「付喪が私から離れて自由に行動できるのが、四半刻ほどです。鳥の姿で四刻半もあれば、この後宮は一周して帰ってこれます」

その言葉通りに十分ほどで一羽の鳥が戻ってくる。花琳の腕に止まったその鳥は花琳にそっと何かを告げ、また飛んでいった。

「あの子が見つけたみたいです。ついていきましょう！」

「さすがねぇ。本当に千人力じゃない」

正永の感嘆の声に、花琳は困ったような顔をした。

「こ、今回はあの墨のおかげです……」

今回はたまたまうまくいっただけだ。そう何回も使える手ではない。そもそも消耗品に付喪が宿っていることが異例なのだ。

一行は鳥の飛んでいく方向に走る。

そして、たどりついた先は――……。

「ここって……」

そこは前に紹介された、紫芳の畑だった。

第七章　犯人の正体

翌日、花琳たちは山梔子宮に集まり、取り調べに参加していた正永と智星からの報告を聞いていた。

「問い詰めたところ、紫芳は犯行を認めたよ」

「そんな……」

智星の言葉に、花琳は悲痛な表情を浮かべる。

紫芳の畑の隅、壁と建物の隙間に隠れるように、養蜂箱はあった。壁の向こうには自生している毒空木も。

養蜂箱の中身を確認したところ月餅に入っていた蜂蜜と色、匂い共に同じものが採れたという。鼠で確かめてみたところ、有毒。以上のことから、今回の毒殺騒動に使われた毒は、その養蜂箱で採れた蜂蜜だということになった。

「花琳ちゃんは彼女と仲がよかったんだよね？」

花琳は下唇を噛みしめたまま頷く。

「彼女が何か言ってなかった？　後宮に対する不満とか」

「それは言ってましたけど、でも……」

紫芳との会話を思い出す。

『たまにね。本当にたまにだけど、後宮なんて潰れて壊れちゃえばいいのにって、本気で思っちゃう』

彼女は確かにそう言っていた。陰鬱な表情で、何かをこらえるようにそう言っていた。けれど、花琳には紫芳が黒幕だなんて思えなかった。

「彼女、医学も勉強してたんでしょう？　毒空木の毒が蜂蜜に混入してしまうことも知っていたのかもしれないし、状況的には限りなく黒よね」

「ま、本人が認めてるってのは大きいよな」

「わ、私は、紫芳ちゃんがそんなことをしたとはどうしても思えないんです‼」

花琳は声を張り上げるようにして、そう訴えた。

「何か確信があるわけじゃないんですけど、紫芳ちゃんがそんな怖いことするはずがなくって……」

いつだって優しかった紫芳のことを思い出す。

今ならわかる。最初、彼女が花琳にああやって積極的に声をかけてくれたのは、新しく入ってきた花琳が浮かないように気を使ってくれたのだ。おどおどしていて、引っ込み思案の花琳のことを守ろうとしてくれたのだ。

そんな彼女が誰かを傷つける選択をするはずがない。花琳はそう確信していた。

「だ、誰も信じてくれないなら、私が一人で紫芳ちゃんの無実を――」

「私も行きますよ！」

「お手伝いします」

花琳が立ち上がると同時に、牡丹も椿も当たり前というように立ち上がる。

出ていこうとする三人を制したのは智星だった。

「待って、大丈夫だよ。俺たちも彼女は無実だと思ってるから」

「へ？」

花琳は呆けたように彼を見上げた。

同じように話を聞いていた飛耀も首を捻る。

「どういうことだ？」

「だって彼女、俺が説明する以上のことを知らないんだよ。誰に毒の蜂蜜を渡したのかって聞いても、『覚えてない』とか『忘れた』を繰り返すばかりだし。毒の配布経路も結局わからないし」

「自身がやったって証言している以上、牢屋には入ってもらわないといけないけど。私たちは彼女が誰かを庇《かば》ってると思っているわ」

「庇う……？」

「彼女が庇う人物、誰か心当たりない？」

智星にそう聞かれ、花琳は今までの紫芳とのやり取りを思い出す。その中で、彼女自身が罪をかぶってでも、守りたいと思っている人物は一人しか思い浮かばなかった。

「……民さん？」

頭に浮かんだ人物をそのまま口にする。

「もしかして、紫芳は民さんのことを庇って？」

花琳に紹介してくれた畑を、民が知らないはずがない。もし、民が紫芳に『ここに養蜂箱を置いてくれ』と言ったら、彼女はきっと二つ返事で了承していただろう。

「民って、医者の民か？」

「はい！　飛耀さん、民さん知ってるんですか？」

「確か、あん時に来たのが民だろ？」

「あの時？」

「俺たちの目の前で毒殺が行われた時だよ」

飛耀の話だと、あの時駆けつけてくれた医師の中に民がいたらしい。花琳がもう帰った後の話らしいのだが、女官の死亡確認をした医師が民だというのだ。

「あの人畜無害そうな男がなぁ」

「ま、人は見かけによらないものよ？　優しそうな男が実は……なんてよくある話じゃない」

「それはそうだが……」

「とりあえず、紫芳がお世話になっていたっていうことで、民の内医院を捜索できるように陛下に頼んでみる。出来るだけ早い方がいいから、今日の昼にでも動けたらいいけど……」

その願いが叶ったのか、その日の昼には民の内医院の捜索が行われた。


「はい、お茶」

「ありがとうございます」

正永と飛耀が内医院の捜索に参加している間、智星と花琳は山梔子宮で待っていた。女官たちはもうすでに帰らせており、山梔子宮には二人しかいない。牡丹と椿は「ちょっと内医院の様子をみてきます」「みてきます！」と言って出ていったまま帰ってこない。養蜂箱を探す時に使った黒い紙と、本体《自分たち》を持って行ったので、もしかしたら空から様子を見ているのかもしれなかった。あの鳥に牡丹たちが乗れるのかはわからないが、帰ってこないということは、乗れているということだろう。

落ち込んだ様子の花琳に智星は声をかける。

「そんなに落ち込まないで、きっと彼女は大丈夫だから」

「はい。……でも、民さんが黒幕だとしても紫芳ちゃんはきっと悲しんじゃうだろうなぁって……」

「それは、そうかもね……」

「紫芳ちゃんからしたら、命を懸けてでも守りたかった人なのに……」

それを暴いてしまうのが自分たちだということに、花琳は罪悪感を感じていた。

花琳は手に持った湯呑に口をつけることなく、じっと揺らめく中身を見つめている。

「ところでさ」

「はい」

「花琳ちゃんと飛耀って、恋人同士になったの？」

「は？」

瞬間、花琳の手に持っていた湯呑が手から滑り落ちた。幸いなことにどちらの服にも飛び散ることなく、湯呑の中身は床に広がる。

「あわわわわ！　す、すみません‼」

花琳は慌ててぞうきんを持ってきて床を拭く。一瞬にして顔が熱くなったのをごまかすように、花琳は俯いたまま必死に床を擦った。智星はきょとんとした顔で首を折る。

「あれ？　もしかして違うの？　避けなくなったから、てっきりそういうことなのだと思ってたんだけど……」

「あ、いや……その……」

好きだとは言われたが、あれはきっと友達としての『好き』だ。恋人同士になるとかならないとか、そういう類《たぐ》いの『好き』ではない。花琳だって言われた時は、一瞬そちらの『好き』なのかと思ったが、花琳の『友達としてなのか』という問いを飛耀は否定しなかった。つまり、それは『友達として好き』ということでいいのだろう。……多分。

まごまごとした花琳の態度に何かを感じ取ったのか、智星は首を捻った。

「飛耀に何か言われた？」

「あの、その……」

あったことをそのまま話したら、また智星は勘違いしてしまうだろう。だけどここまであからさまに反応しておいて『何もありませんでした』というのは、逆に何かあったと勘繰られそうな気もしてくる。

花琳は少し考えたのち、口を開いた。

「『死ぬまでそばに居ろ』というようなことは……」

その瞬間、今度は智星が飲んでいたお茶を吹き出した。慌てて手ぬぐいを渡すと智星は口元を拭きながら軽くせき込む。

花琳的には『好き』の次に嬉しかった言葉を選んだだけなのだが、どうやら智星にとってはそちらの方が衝撃的だったようだ。

「大丈夫ですか？」

「ごめん。我が弟ながらすごいこと言うなぁって、ちょっとびっくりしちゃって」

まだ智星は咽ている。

「まぁ、あいつは犬だから、しょうがないかな」

「犬？」

「うん。飛耀は基本的に忠犬で、猟犬だよ。一度懐に入れた人間は、ずっと好きだし。自分の身を犠牲にしても守ろうとしちゃうし……」

そう言われると確かに飛耀っぽい気もしてくる。

「でもさすがに『死ぬまで』とか言い出すなんて、お兄ちゃんもちょっとびっくりです」

「あはは……」

花琳は苦笑いで返した。何となくであの言葉を選んだが、あとで飛耀にどやされる気がしてならない。怒った彼は、別の意味でドキドキしてしまうのだ。できればあっちのドキドキはあまり味わいたくないやつである。

「飛耀さんが犬なら、智星さんは何なんですか？」

思ったことを聞いてみる。智星は目を瞬かせた後に悩まし気に顎を撫でた。

「俺？　俺はそうだなぁ。猫っぽいとかはよく言われるけど……」

「猫?」

花琳の頭の中で猫と犬が戯《たわむ》れる映像が広がった。

「猫と犬の兄弟って可愛いですね! なんかこう、癒されるといいますか」

口元が自然と緩む。子猫を触っている時も思ったが、どうやら自分は動物が好きらしい。

(子猫っていえば……)

花琳はそこでふと、山梔子宮に住み着いている子猫のことを思い出した。『祭具管理処』で飼うとか飼わないとか言っていたあの子猫のことだ。もし、部署で飼うという話にするのなら、智星にも話は通しておくべきだろう。

「そういえば智星さん! ご相談なんですが!」

口を開いたその時、智星の肩が揺れていることに気が付いた。

「ふふふ。いいね」

「へ?」

「やっぱり女の子は、そうやって笑ってなくっちゃ」

どうやら気を遣われていたらしい。飛耀とのことを聞いてきたのも、紫芳のことから話をそらすためだったのだろう。

智星のおかげだろうか、先ほどまでの重く苦しい気分は完全にとはいかないまでも、少し晴れていた。紫芳のことを考えるとまだ胸がもやもやするが、完全に拭えないのは仕方がない。

その時、山梔子宮の戸が開く音がした。

「帰ったぞ」

「帰ったわよ」

「あ、お帰りなさい」

「お帰りなさいです」

帰ってきた飛耀が二人の姿を認めて面白くなさそうに目を眇める。

「……なんか楽しそうに話してたみたいだな」

「もー、妬かないの！」

「……別に妬いてねぇよ」

正永の茶化しに飛耀は嫌そうに答える。

先ほどまでのにこやかな顔を収めて智星が「何か見つかった？」と聞くと、飛耀が頷いた。

「あぁ。びっくりするものが見つかったぞ」

「なに？」

「人の遺体だ」

見つかった遺体は三十代男性のものらしい。内医院の裏に埋められていたということだった。白骨化はしていないものの顔はもう判別不可能で、どこの誰というのはわからないそうだ。

「とりあえず、民はどうなったの？」

「死体が見つかったってことで、とりあえず捕まえたが……」

「どうしたの？」

「あの民って人、何も喋らないのよねぇ」

正永は頬に手を置きながら、困り顔で言った。

「何も？」

「本当に何もよ？　名前さえも言わないわ。このままじゃどうにもならないからって、陛下が花琳ちゃんに内医院探らせてみたらどうかって」

「え⁉」

花琳の顔は凍り付く。腐敗した遺体など、見たくない。吐く自信しかない。

「大丈夫だよ。死体はもう回収してる。あんなもんお前に見せられるかよ」

「そ、そうなんですね」

ほっと胸をなでおろす。どうやら現場で吐くことだけは避けられそうだ。

「とりあえず、今晩内医院の鍵を開けておいてくださるみたいだから、調べてみるわよ」

そうしてその日の晩、一行は内医院に向かうことになった。死体があったと聞いたからか。主がおらず明かりがついていないからか。内医院の雰囲気はいつもよりおどろおどろしい。

花琳たちは部屋に入ると、明かりをつける。女官たちが寝ている房からは離れているので、明かりが少々ついていても不審に思われることはない。

椿と牡丹は姿を消して、あたりを確認していた。

「花琳、今回はどうだ？　付喪になりそうなものはいるか？」

「はい」

花琳はいつものように部屋の中心で軽く手を叩いた。すると、周りからいくつもの影が持ち上がってくる。

「大丈夫そうです」

内医院に付喪は多かった。古い物が多いというのもあるのだろうが、民はどうやら物を大切にする人間だったらしい。

「今日は民さんのことについて知りたいんだけど、いいかな？」

花琳がそう問いかけると、付喪たちは目くばせした。そして、口を開く。

「民はもういないよ」

「もういない」

「いなくなっちゃった」

「いっちゃった」

小さな付喪が口々に言う。丸い金平糖のような付喪である。大きさは手のひらに乗るぐらいしかない。それがころころと四、五個。彼らはおしゃべりが好きなようだった。

花琳と同じようにしゃがみ込み、次は飛耀が口を開く。

「牢屋にってことだろ？」

「ちがう」

「死んだ」

「民は死んだ」

「殺された」

「は？　……殺された？」

飛耀は目を見開いた。花琳も混乱したような顔つきになる。

付喪たちは、またぱらぱらと二人に話しかけてくる。

「そこのお兄ちゃん、いたでしょ？」

「民の身体運んで行った人たちと話してた」

「民、動かなくなってかわいそう」

「かわいそう」

「それって、どういう……」

花琳は困惑していた。飛耀たちの話だと、民は今牢屋にいるはずだ。なのに、死んで運ばれていったとはどういうことだろう。それではまるで──。

「つまり、死体の方が民だったたってこと？」

花琳の考えを代弁するように正永は付喪たちにそう聞いた。付喪たちは身体ごと何度も頷く。

「なら、民として連れていかれた人物は何者だったんだ？」

その瞬間、花琳の目の前に椿が顕現した。

「花琳さま！　伏せてください‼」

ぎゅっと頭を押さえ込まれる。すると、頭を押さえ込んだ椿の頬を掠《かす》めるような形で細い刃が飛んでくる。医師が身体を開く時に使う細い鋭利な刃物だ。刃物は花琳の正面にある棚に深々と刺さった。

「椿⁉」

「私は大丈夫です！　それより、あれ！」

そう椿が後方を指した瞬間、風が吹いて明かりが消えた。

完全な暗闇になって付喪たちが怯えだす。

「死んじゃうよ」

「気をつけて！」

「来たよ！」

「来た！」

付喪たちはいっせいに消えていく。振り返った先には人影があった。

「誰が邪魔をしたのかと思ったが、君か。紫芳のお友達」

声自体は優しかった。けれど、そこはかとなく冷たくて恐ろしい響きも持っている。

そこにいたのは民だった。牢屋に囚われているはずの彼は、ゆっくりと歩いて近づいてくる。逃げ場のない四人はじりじりと後方に下がった。

花琳は震える指で民を指さす。

「飛耀さん」

「なんだ？」

「あの人、付喪神です」

「――っ、そういうことかよ」

飛耀は服の下に隠していた剣を構える。それはいつも彼が持っているものよりも短かった。後宮ということで、いつも使っている剣は持ち込めなかったのだ。見れば智星も正永も剣を取り出していた。

「そうか、私の本質を見抜くか。……ならば、お前が仙女だな」

付喪神は花琳を見て目を細める。その冷たい視線に花琳は背筋を凍らせた。

「花琳ちゃん、私にはどこからどう見ても人間にしか見えないのだけれど。あれが例の付喪神ってやつなの？」

付喪神と対峙するのが初めての正永は、嫌そうに頬を引きつらせている。目の前の人間が人外だといわれても、急には受け止めきれないのだろう。

「前に戦った時はもうちょっと人じゃない感じだったんだがな」

「これは見分けがつかないね」

付喪神は別段感情を荒らげることなく、四人を見据えていた。花琳は声を張る。

「貴方が毒の蜂蜜を、後宮にばらまいてたんですか？」

「あぁ。……といっても、私は望む者に望む物を渡していたにすぎない。毒か薬かの違いはあれど、ほかの医師とやっていることと何も変わらない」

「毒と薬じゃ大違いだろうか。馬鹿なのか、こいつ」

「飛耀、挑発しない！」

この付喪神は、覇者の剣の付喪神の様に会話ができないわけではない。彼はいたって冷静に一行と話をしていた。花琳は再び質問を投げる。

「どうして、こんなことをするんですか？」

「私の民を変わり果てた姿にした、この後宮を壊してやるためだ」

「後宮を？」

「といっても、私は何もしない。ただ毒を渡し、彼ら自身の悪意を解き放ってやっているだけだ。その毒をどう使うかは彼らが決めること。壊れるのも、形を保つのも彼ら次第だ」

「毒はどうやって渡していたんだ？」

智星の問いかけに付喪神はにたりと笑った。

「どうもしない。誰かを殺したいほど憎んでいるやつは、私の気配に誘われて勝手に私のもとに集まってくる」

「それは、……操っているんですね」

「私に操られてしまうだけの、悪意と殺意を持っている方が悪いのだろう？」

付喪神は自身の感情に同調しやすいものを操ることができる。覇者の剣の一件では、俊賢の兄貴分である宝嘉《ホウカ》を操って自身の本体を盗み出させていた。

「本当ならば、誰もいなくなるまで殺し合いを続けさせる予定だったのだ。お前たちが邪魔をしなければ……」

彼は悔しそうに奥歯を噛みしめた。その姿はもう人にしか見えない。

これだけしっかりと人の形を取ることができ、何人もの人間を操ることができる付喪神だ。おそらく、彼は覇者の剣の付喪神より神側に近い場所にいる。

「民さんを殺したのは貴方なんですか？」

「私なわけがあるまい。変わり果てたあいつに絶望して何度殺してやろうかとも思ったがな。結局あいつは好いた女に背中を刺されて亡くなった。私は泣きながら死体を埋め、こうして民に成り代わった。あの女は殺したはずの人間が生きておると、発狂しておったがな」

「あの女？」

「秀花だ」

「え？」

「燕妃の毒味をしていた秀花という女だ。あの女が民を殺した」

思いもよらぬ名前に目を見張る。確かに彼女が持っていた荷包の付喪も、秀花がよくこのあたりに来ると言っていた。

「あいつは民の好意が自分に向いていることを知り、民に誰にもばれない毒を頼んだ。心の優しい民はそれを最初は断っていたんだが、あの女が『毒がないと燕妃に殺される』と騒ぎ、結局あの女に毒の蜂蜜を渡したんだ」

「つまり、最初に毒の蜂蜜を作ったのは」

「民だ。私はそれを利用したにすぎない」

悲しげに目を伏せて、付喪神は息をつく。

その顔は何かを思い出しているようにも見えた。

「たまたま紫芳の畑の近くに小さな蜂の巣が出来てな。最初、民は何も知らず養蜂を始めたのだ。優しいあいつは紫芳に蜂蜜でも舐めさせてやりたいと考えたんだろう。だが、出来た蜂蜜には毒が入っていた」

付喪神は淡々と語る。

「最初に死んだのは、飼っていた猫だった。親子の猫でな、親猫はすぐに痙攣して亡くなってしまったよ。子供はどこに行ったのかな。茶虎の可愛らしい子猫だったのに……」

茶虎の猫と聞いて、花琳は山梔子宮に住み着いていた子猫を思い出した。あの猫は妙に人になれていた。もしかしたら、迷い込んだ猫ではなかったのかもしれない。

「あぁ、勘違いしてくれるなよ。あいつは本当に、本当に、いい子だったんだ。だから、最初はその蜂蜜を捨てようとした。だけど、頃合いが悪かった！　その直後、あいつは秀花に毒を頼まれたのだ！　三日三晩悩んだ末、あいつは毒を秀花に渡したんだ‼　よりにもよって、医者であるあいつが、人を！　殺す‼　毒を‼」

語尾に近づくたびに声が大きくなる。感情が高ぶっているのだ。

「私は民を殺してやりたかった‼　あんなに心の優しく、人のことを想う子はいなかったのに！　好いた女が死んでしまうかもしれないからと、人を殺す毒を渡してしまうなど！

あんなもの私の知っている民ではない‼　私はがっかりした！　心底がっかりしたのだ‼」

彼がこんなにも神側に近づいてしまったのは、きっとこういう煮えたぎる想いが根底にあったからだ。強すぎる想いと年月が、彼をこんな形の付喪神に変えてしまった。

「すべて後宮が悪かったのだ。こんなところに来てしまったがために、あいつはあんな変わり果てたやつになってしまった！　だから、私は後宮を壊すことに決めたのだ‼」

「じゃあ、秀花を殺したのは……」

頭をよぎったのは秀花と燕妃の死に方だった。

今まではなんとも思っていなかったのだが、よく考えてみれば毒空木の毒には即効性があるのだ。秀花が毒味をした後に燕妃が飲んで死ぬというのは考えられない。なぜなら、秀花が口をつけた時点で彼女は死んでしまうだろうからだ。毒味が死んだのに、その毒に妃が口をつけるというのは考えづらい。

しかし、彼が秀花を殺したのだとすれば、まだ説明がつくのだ。実は燕妃を殺したのは秀花で、当の秀花は付喪神に殺された。それなら筋が通る。

しかし、花琳の考えを否定するように付喪神は首を横に振った。

「私ではないと言っておるだろう。私はただ渡しただけだ。秀花が死んだのは胸がすく思いだったが、直接手は下してはいない」

うっそりとそう言って微笑む。そこに花琳が見たことがある民の姿はなかった。窓越しだったが、あの時の彼は紫芳の良き兄、良き父親という顔をしていたのに。

たとえ本人ではないにしても、民のこんな顔を見たら紫芳は傷ついてしまうだろう。

「皆さん、お願いします。あの付喪を捕まえてください」

「わかってる」

「そのための俺たちだからね」

「任せて頂戴」

付喪神の手には先ほど投げた細い刃と同じものが握られていた。その拳がぎゅっと握られる。

「お前たちに私は壊せない。お前たちに私は見つけられない。……お前たちは、ここで死ぬのだから」

そう言った時、彼の後ろからもう一人内医院に入ってきた。それは、寝間着姿の女官だった。彼女の目は虚ろで、右手に斧を持っている。

「ぎゃぁあああぁあぁあぁ‼」

声を荒げ、斧を振りかぶり、彼女は花琳たちに突進してきた。

四人はすんでのところで避《よ》ける。斧は内医院の机を真っ二つにした。

「あ、操られてます！」

「この感じはそうだろうなっ！」

「こんな狭い中で、武器でやり合うなんて狂気の沙汰ね」

「とりあえず、外に出よう！」

そう戸の方を見れば、付喪神はもう消えていた。その代わりに鉈《なた》と包丁を持った二人の女官がいる。片方は山梔子宮をいつも手伝いに来てくれている女官だった。

前方に鉈と包丁、後方に斧。見事に四人は挟み撃ちになってしまっていた。

「殺してもいいならいくらでも突破できるんだが……」

「それはだめよ。この子たちには何の罪もないんだから」

「そうはいっても！　これは仕方ねぇだろ‼」

「せめて外ならもうちょっとちゃんと戦えるんだけど」

四人が頭を抱えていたその時――

「ていやぁあぁぁあぁ‼」

甲高い雄たけびと共に、窓硝子が割れた。そこから大量の鳥が入ってくる。あの墨の付喪だ。鳥は女官たちにまとわりつき、彼女たちはそれを必死で振り払っていた。

「花琳さま、こっちです！」

牡丹の声がして足元を見る。すると、彼女が花琳の手を引いていた。

「牡丹⁉」

「助けに参りました！」

「隙が出来た。とりあえずここから出よう！」

智星の号令で四人は内医院から出る。しかし、外には――……。

「なんか動く死体って感じだな」

「そういうのんきなこと言うなんて。飛耀、結構余裕だね」

「んなわけないだろ……」

そこには大勢の女官と宦官がいた。どの人間も目は虚ろで、先ほどの様に武器を持っている者もいる。

「何人いるんだ？」

「さぁ。百は下らないんじゃない？」

「今、後宮で働いているのが三千人ぐらいだよな。その一割近くがここに集まってるとしても三百か。ぞっとしねぇな……」

冷や汗を流す彼らの足元で牡丹と椿が騒ぐ。

「でもでも、早く付喪神を倒さないと！」

「すぐに逃げられてしまいますよ！」

「つってもこれどうすんだよ！　もうさすがに無傷でオトすなんて無理な相談だぞ！」

「さすがにそうかも。相手は俺たちを殺す気満々だしね」

智星が珍しく飛耀の物騒な物言いに賛同した直後、正永の手から剣が落ちた。

「あーもー。何こんなことで焦ってるのよ」

「正永さん？」

花琳が狼狽える声を出している間に、正永はさらに上着を脱いだ。そうして肩を回す。

「私が指導しなくなって、あんたたち少し弛んだんじゃない？」

手首と首を鳴らし、屈伸運動まで始める。

本能的にこの大男が危険だと悟ったのだろう。近づいていた女官と宦官たちは、ぴたりと歩を止めてしまう。

正永の眼光は見たこともないほどに鋭い。彼は指の関節を鳴らしながら、一歩、また一歩と自ら彼らに近づいてく。その様子に身を引く者もいた。

そして足を大きく開き、彼は構えた。

「このぐらいの人数、怪我をさせずにオトせなくて、武官なんかやっててんじゃないわよ！」

空気を震わせるようなその声に、智星と飛耀の背筋がきゅっと伸びる。もうそれだけで力関係が何となくわかってしまう感じだ。

「ということで、ここは任せてお先にどうぞ。取り逃がしたら、承知しないんだから！」

可愛らしく片目をつむって見せるが、もうまったく可愛らしくは思えなかった。もう雰囲気はただの態である。

「よし、行くぞ！」

「ぎゃ！」

花琳は飛耀に担ぎ上げられた。そのまま彼は走り出す。智星も飛耀の後を追うように走り出した。

「しょ、正永さん、大丈夫なんですかね⁉」

「大丈夫だろ。むしろ心配するべきなのは相手の方だぞ、あれは」

「正永さん絶好調だったね。あれは、後からぐちぐち言われそうだなぁ」

智星も苦笑いだ。

「それで、どうやって付喪神の場所を捜しますか？」

智星の腰に捕まっている椿がそう聞いてくる。隣で牡丹は「はやーい！」とのんきに騒いでいた。

「花琳ちゃん、またあの鳥の姿をした付喪に捜してもらうことは？」

「で、出来ると思います！」

「それじゃ、お願い」

「はい」

花琳は飛耀に荷物の様に抱えられた状態で手を叩いた。その瞬間、一行の頭上が黒く染まる。鳥が来たのだ。

「お願い！　付喪神を捜して‼」

花琳が声を張ると一斉に飛び散っていく。その姿はまるで、黒い雲のようだ。

そしてまたしばらくののち、数羽の鳥が帰ってきた。

彼らは花琳に報告をする。

「付喪神の居場所がわかりました！」

「どこだ？」

「紫芳ちゃんがいる牢屋です。付喪神は彼女を攫《さら》って逃げ出す気です！」

◆◇◆

「なんで、民、こんなことするの？」

震える紫芳の足元には血だまりが出来ていた。転がっているのは牢屋番の男。彼の首は、鋭利な刃物で切られ、ぱっくりと開いており、そこからおびただしい量の血が流れていた。見る限り、もう事切れてしまっている。

男は頬についた返り血を袖で拭い、牢屋の扉を開けた。先ほど牢屋番の男を殺した刃物は適当に放り、彼は彼女に手を差し出す。

「行こう、紫芳。ここから逃げよう」

「なんで⁉ なんでこんな――」

紫芳は民から逃げるように身を引いた。するとすぐに牢屋の冷たい石壁に背中が付き、それ以上逃げられなくなる。

「民はだめだったんだ。でも紫芳、お前なら」

男はじりじりと距離を詰めてくる。

「私の代わりに身を差し出してくれようとした、優しいお前ならあるいは……」

「い、意味がわからない！ なに言ってるのっ⁉」

「ここから出て一緒に暮らそう、紫芳。そして、お前は医者になるんだ」

その瞬間、紫芳は大きく目を見開き、男を見上げた。

「医者になりたいのだろう？ ここから出たら、その願いは叶うぞ」

「……あなた誰？」

「私は――」

「あなた、民じゃないでしょう！ あなた誰よ！」

紫芳はそう怒鳴る。

「私が医者になりたいって言った時、民は一度だって賛成をしたことがなかったわ！ こんなに人の死に触れる仕事はなかなかないから、大変だからって‼ あなたが本当に民なら、そんなことは絶対に言わない‼　絶対に言わない‼」

紫芳が医者になりたいと言った時、民は決まって反対をしていた。心が強くないときっとやっていけないからと。優しすぎる紫芳は、いずれ私の様になってしまうからと。いつもそう言って反対をしていた。

民は昔、軍医をしていたらしい。

それを聞いたのは、紫芳が初めて『医者になりたい』といった日だった。

軍医になった二年目の春。国境の小競り合いに駆り出された彼は、多くの人を治療し、そして、治療した倍以上の人を弔《とむら》ったらしい。自分の未熟さと、ふがいなさと、運命の残酷さを目の当たりにして、任期が終わった時にはすっかり心を病んでしまっていたという。もう普通の軍医としてはやっていけない。けれども、身体が元々強くない彼が今更医者以外の何かになれるわけもない。だから彼は宦官になり、後宮の医師になることを選んだというのだ。

その過去を知っている紫芳からすれば、先ほどの発言は考えられなかった。それ故の激高だった。

紫芳の言葉に付喪神は何やら考えるようにした後、そっと微笑んだ。それこそ、民がいつも浮かべているような微笑みだ。

「私は確かに民ではない。ただ、お前の知っている民でいることもできる。お前が望むのなら、これまで通り民として接しよう。……おいで紫芳」

「嫌っ！」

紫芳は付喪神の手をはねのける。そして這い、放り投げてあった刃物を手にとった。彼女はそれを構える。足が震え、手も震えた。緊張で乾いた唇が裂け、血も滲む。

「民を、どこにやったのよ！」

「紫芳」

「近寄らないで！　刺すわよ‼」

そう叫ぶ紫芳を付喪神は悲しそうな顔で見つめた。

「そうか、そうか、そうか。紫芳、お前まで人を傷つけてしまう道を選ぶのか」

「何言って――」

「ならばもういい。お前が誰も傷つけないうちに、私が殺してあげよう」

そういう彼の手には、どこから出したのか紫芳と同じものが握られていた。

「せめて苦しまずにいかせてあげることができればいいんだが……」

付喪神の瞳に涙の幕が張る。本当に彼は悲しんでいるのだ。悲しんでいるのにもかかわらず、本気で紫芳のことを殺そうとしている。

狼狽えている間に、刃物を持っていた両手を片手で捕らえられた。そのまま勢いよく壁に打ち付けられて、肺から空気が一気になくなる。

「かぁっ——」

「先に行って待っていておくれ。私は袁《エン》の後継を育てたらすぐそちらに行くから……」

刃物が首筋に当たる。

死を覚悟して紫芳が目をつぶった瞬間、金属でできている牢屋の扉を蹴り飛ばしたようなとんでもない物音が響き渡った。そして、目の前の男が呻《うめ》く声と共に、手の拘束と首筋に当たっていた冷たい刃物の感触が消える。

目を開けば、民の姿をした男は目の前からいなくなっていた。代わりにどこか見覚えのある黒髪の男が立っている。そして、駆け寄ってくる人の姿。

「紫芳ちゃん！」

「大丈夫？」

「花琳⁉　……誼妃様⁉」

紫芳は目大きく見開き、助けに来た人物たちを見上げた。

◆◇◆

「説明はあと。いいから背中に乗って。いったんここから出るから」

「え、……はい」

言われるがまま、背に乗っかってきた紫芳を智星はおぶる。そして、先ほど付喪神を蹴り飛ばした人物に視線を移した。

「飛耀も行くよ！　こんなところで戦ってもさっきと同じだ」

「わかってる！」

飛耀は花琳の手を引き、智星は紫芳を背負ったまま先ほど来た道を戻る。

宮廷にある牢屋の数は全部で四つだ。牢屋が複数存在する理由は、捕まえた者たち同士に口裏を合わされるのを防ぐためである。その四つの牢屋はそのどれもが地下に作られており、長い階段の先にあった。四人は長い階段を上る。

「待てぇぇぇぇ‼」

咆哮《ほうこう》のような雄たけびが聞こえ、また刃物が飛んできた。飛耀は後方に回り、それらを弾く。弾いた刃物は地面に落ちると霞《かすみ》のように消えていってしまった。

「くっそ！　なんだありゃ、どこから出してんだよ」

「あれはきっと、自身の一部を具現化させてるんですよ！」

「自身で顕現できるぐらい力のある付喪ですからね。あのぐらいはできると思います」

椿と牡丹が顕現し、そう説明してくれる。

「どういうこと？　あの付喪神の正体はあの刃物ってこと？」

「それか、それを収めているものか、ですね！」

「道具箱ってこと？」

「かもしれないってことです」

「どこまでを自分と定義するのかってのは、まぁ、案外難しいところはありますから
ねぇ」

「あのぐらいの大きな存在になると、小さな付喪ぐらいは飲み込まれちゃいますから」

椿と牡丹の説明を聞きつつ、四人は階段をひたすら上る。本来この説明をするべき花琳は息を切らしていて一言も喋れない。ついていくだけでやっとだ。

「とりあえず、相手がどんなものであれ探さないといけねぇんだろ？」

「今回も本体を壊すか、花琳ちゃんが顕現させている間に付喪神を倒すしかないんだろうからね。本体の捜索は必須だよね」

「説得は無理そうですしねぇ」

「無理でしょうね」

四人は階段を上りきる。開けた場所に出てきて、一行は振り返った。付喪神を向かい打つために、だ。このまま逃げられてはかわない。

花琳はひたすら息を整えていた。

「ね、ねぇ、ちょっと私わけわかってないんだけど。どういうこと⁉」

ようやく今起こっていることが現実だと認識できたのだろう。それまで黙っていた紫芳

が混乱したように口を開く。

「そうだね。どこから説明すればいいのかな……」

「どういうことも何も。あいつが民の偽物で、俺たちはそれを退治してるんだよ！」

「ちょっと違いますけどそんな感じです！」

「です！」

「子供⁉　なんでこんなところに子供が⁉」

椿と牡丹の姿に紫芳はさらに混乱したような顔つきになった。しかし、花琳の懐でずっと行動を共にしていた二人にとって、紫芳はもう『初めまして』ではない。二人は笑顔で
「椿です」「牡丹です」と清楚に元気よく自己紹介をしていた。

呼吸を整えた花琳は、未だ智星の背にいる紫芳の袖を引いた。

「紫芳ちゃん、民さんが一番大切にしていた物って何⁉」

「え？　いきなり何⁉」

「さっきの男の正体は付喪神っていって、物の魂みたいな、そんな存在なの！　でも、正体がわからないと対処が出来なくて‼　あれだけの付喪神だから、民さんが一番大切にしていた物だと思うんだけど！」

「それと、あの刃物みたいなのが入ってるやつな！」

「そう！」

「そんなこと言われても……」

『紫芳……どこ行くんだ？』

ようやく上ってきたのか、付喪神の声がする。

出てきた彼は、もう民の姿はしていなかった。

「ひっ――！」

大きな体躯に八本の節ばった足。八つの黒い水晶のような瞳にはもう感情は見て取れなかった。その瞳の中央に、眠るような民の顔がある。

そこには大きな蜘蛛《くも》がいた。

人の体躯の二倍はありそうな身体に、長い足。身体全体には細かい毛が生えている。

「これと戦いながら本体を探すのか……」

「ここまで奇怪なやつが現実にいるなんて聞いてねぇぞ」

目の前にいる付喪神の異様な姿に、智星も飛耀も冷や汗を額に浮かべた。

その時、紫芳が何かを思い出したように声を上げた。

「あっ！」

「どうしたの？」

「私、あいつの本体かもしれない物、思い出した！」

「何？」

「薬箱！」

紫芳の声に付喪神は反応した。八つの目がすべて紫芳に向く。

「薬箱⁉」

「薬箱っていっても背負う感じの大きいもので、往診の診療道具とかも全部入っているの！　お爺さんの時代から使ってるもので、民の家に代々受け継がれてきたって……。今は内医院の倉庫にあるはず‼」

「それです！」

「きっとそれが本体です！」

椿と牡丹が飛び跳ねる。

その時、紫芳の頭上に蜘蛛の足が伸びた。

「紫芳ちゃん！」

花琳は咄嗟に庇い、彼女の頭を抱え込む。幸いなことに、蜘蛛の足は二人に当たることなく地面を抉《えぐ》った。

『紫芳、覚えていたのか。私のことを覚えて――』

「とりあえず、本体のところまで行くぞ！　走れ‼」

四人は走り出す。しかし、蜘蛛の足の長さではすぐに追いつかれてしまう。四人の脇に蜘蛛の足が迫り、花琳と紫芳は同時に叫び声を上げた。

「ちょっと先行くよ」

智星は一人先に走り、上着を脱いだ。そうして建物のそばに置いてあった松明《たいまつ》から、上着に火を移す。

「あとから、どやされるかもだけど――っ！」

そうして、あろうことか近くにあった小屋に火をつけたのだ。小屋の中には馬用にと干し草が置いてあり、火は瞬く間に広がった。そうして、周りの木にも燃え移っていく。

『あぁぁあぁぁあぁ‼』

「その大きな体躯じゃなかなか通れないよね」

飛耀たちは木々の隙間を縫うような形で走ってくる。

「お前はほんと大胆なことするよな」

「なに、ダメだった？」

「いや、最高だろ」

「それはどうも」

弟の賞賛に智星は唇を引き上げた。

智星の機転のおかげで付喪神と花琳たちの間に距離が開く。

花琳は走りながら、煌々《こうこう》と燃える後ろを振り返った。蜘蛛の姿は半分以上瓦解している。顕現し直す気だろう。

「付喪神が顕現し直す前に本体を押さえないと！」

「見えてきたぞ」

「倉庫はこっちです！」

今度は紫芳が先頭を切る。

そうしてたどり着いたのは内医院の裏側だった。そしてそこには——。

「正永さん⁉」

「あら、なんで帰ってきちゃったの？」

襲ってきた宦官の男に回し蹴りを食らわせながら、彼はこともなげに答えた。よく見れば、いたるところに人が倒れている。彼が一人で伸《の》したのだ。にもかかわらず、彼の身体に大きな傷は見られない。腕のあたりに擦り傷のようなものがあるだけだ。

「付喪神の本体がここにあるらしくてな」

「あらあら、そうなの」

「灯台下暗しってやつです」

四人は倉庫を開ける。するとそこには蜘蛛の巣が張った薬箱の姿。

「あいつが蜘蛛になっていたのはこれが原因だな……」

飛耀は蜘蛛の巣を払う。すると二匹の蜘蛛が一目散に逃げていった。

「これを使ってたのは民が軍医だった頃だったらしいの。ここに来てからまったく使わなくなったって。見ていたら、辛いことを思い出すから見ないようにしてたんだって……」

「内医院にいた俺たちの前に民が現れたのは偶然かって思ってたけど、おそらくこれを取りに来たんだね」

　智星がそう分析をしていると、背後から何者かの気配がした。振り返れば、人の姿の付喪神がいる。しかし、目だけは蜘蛛のように八つになっていた。

「返せ。私を返せ‼」

「今、壊してやるよ」

「やめ——」

「飛耀さん！」

　薬箱に振りかぶった飛耀を止めたのは花琳だった。

「ちょっと待ってもらえませんか？」

「は？」

「す、少しだけ。少しだけでいいですから！」

　花琳は付喪神に向かいあう。

「あの。もしかして、寂しかったんですか？」

「……」

「もしかして、寂しかったからこんなことしちゃったんですか？　民さんが自分を使わなくなったから寂しくなって。全部これは彼が後宮に入ったせいだって思って……」

「お前は……」

付喪神の唇が震えだす。

「だって、本当に民さんが道を踏み外して怒ったなら、その前に止めてあげればよかったじゃないですか！　殺してしまいたいほど、彼に絶望する前に、あなたが止めてあげればよかったんですよ！　その時の貴方にはもうその力はあったはずです！　民さんの姿で顕現しなくても、他の誰かに成り代わって、彼を止めてあげることができたはずです！」

花琳の言葉を民は黙って聞いていた。蜘蛛のような瞳はやはり感情を映さない。

「でも、そうしなかったのは、すべてが露見する前に自分を連れて民さんが逃げるのを待っていたからじゃないんですか？　もしくは民さんが罪を犯すのなんてどうでもよか──」

「どうでもいいはずがないだろう！」

付喪神は激高する。顔はもう民のものへと戻っていた。その表情には深い悲しみと怒りが見て取れる。

「あの子は、あの子は私が袁から託された唯一だったのだぞ‼　あの子が医師として道を踏み外しそうになった時、私だって何度も、何度も止めようとした。けれど、私のことを忘れたあいつのために、私がどうしてそこまでしてやらないといけないんだ！　それに、もしかしたらこのことがきっかけで、私のことを思い出してくれるかもしれないと……」

付喪神は膝を折る。

「私はずっと、覚えていたのに！　また一緒に人を治す日を楽しみに待っていたのに！　なのにあいつはこんなところでのうのうと……」

身体を震わせながら顔を覆う。そこにもう敵意は見られなかった。

「ここに来たせいで、私はあいつに忘れ去られてしまった！　どうしてこんな場所で蜘蛛に巣を作られなければならぬ！　私は、私は！　ただ、民に──」

花琳はその姿を見ながら、辛そうに眉を寄せた。

「あなたは、止めてあげないといけなかったんですよ。民さんが誰かに蜂蜜を渡してしまう前に……」

付喪神はその言葉に、もう何も返さなかった。

しばらく、すすり泣くような声が聞こえたあと、付喪神は面を上げた。

「なぁ、武官殿」

「んだよ？」

「無理を承知でお願いしたい。それを壊さないでもらえないか？」

「は？」

飛耀は眉間に皺を寄せたまま、声を上げる。しかし、それにも付喪神はひるまなかった。

「それは袁が自ら作ったものなのだ。家の木を切って、子供が生まれる年に作ったものなのだ。しがない町医者だった袁が自分の息子や孫の代までこれを使って人を救って欲しいという願いを込めて作った薬箱なのだ」

袁というのは民の祖父なのだろう。付喪神にとって、彼は自分の親のような存在だった。

付喪神は飛耀に土下座をする。

「私を、私の方を切っても構わぬから。後生だから、それだけは壊さないでもらいたい。それを壊されてしまっては、袁が、袁が浮かばれぬ……」

「どうする？」

智星の声に、飛耀は息を吐いて逡巡《しゅんじゅん》する。そして、口を開いた。

「何人もの人間を殺すきっかけを作っておいて、何回も俺たちを殺しかけておいて。じゃあ、今度は自分が危なくなったら、身体だけは残して欲しいって頭下げんのかよ」

「そう、だな。そういうことになる」

「……一回だけだぞ」

「え？」

付喪神が顔を上げる。

「大の男が頭下げてんだ。そこまでされたら仕方ねぇだろ」

「武官殿……」

「その代わり、お前は消える。それはちゃんとわかってんだよな？」

「あぁ、あぁ。ありがとう」

「自分を殺す男に礼なんか言うなよ。気持ちが悪い」

そうして、飛耀は付喪神に近づき、その首をはねた。

第八章　花琳の願い事

やはり、女官たちを殺した犯人はばらばらだった。あれから薬箱の中を調べた結果、付喪神が毒を渡した人間の控えが出てきた。それをもとに調べたところ、何人かは自首をしてきたらしい。自首をしていない者たちもじきに捕まるとの噂だ。

民が死んだことを知った紫芳は憔悴《しょうすい》。今はあの内医院の片づけを一人でやりながら、気持ちを整理しているらしい。

「お前たち、今回もよくやったな」

花琳たちは皇帝に頭を下げる。

事が終わってから三日後、彼女たちは皇帝に呼び出されていた。

いつものように彼は尊大な態度で玉座に腰かけている。

「まさか、複数犯だとは私も思わなかったぞ。しかも、一度ならず二度までも付喪神が絡んでおるとは。これは、この事件に花琳を采配した私の勝利だな！」

そして、ちゃっかり自分の手柄にする始末である。

「そういえば、花琳。お前は、今回のことを解決することが出来たら、望みを聞いて欲しいと前に言っておったな？」

「あ、はい」

「しかし、今回私はお前の頼みごとを聞くことはできん」

「どうしてでしょうか？」

「実はな、燕妃を殺したとされる美鳳だが、彼女に犯行は不可能だったことが明らかになったのだ」

　皇帝は花琳たちが見つけた控えの紙を懐から取り出した。

「お前たちが探し出してきたこの控えにな、美鳳が付喪神から毒をもらった日が書いてある。それがな、燕妃が亡くなった後の日付なのだ」

「それは……」

「これでは美鳳は燕妃を殺したとは言えないだろう？」

　花琳との勝負に勝ったのが嬉しいのか、皇帝はにやにやとした笑みを浮かべている。花琳は彼を一度見て、視線を落とした。

「それならば、きっと犯人は秀花でしょう」

「ほう。どうしてそう言える？」

「こう、という証拠があるわけではありません。荷包の付喪から聞いた話と、後宮で得た経験からの想像しかありませんがいいですか？」

「聞こう」

皇帝は心底楽しそうに頬を引き上げた。

「最初におかしいと思ったのは、毒を使った順番でした」

「順番？」

「毒空木の毒は即効性です。毒味である秀花と燕妃様が同時に亡くなるのなら、同時に毒を飲むか、毒味を終わらせた秀花が亡くなった後に、燕妃様が自分で毒を呷《あお》らないといけません。しかし、これはあり得ない。だから私は最初、美鳳が燕妃様を殺し、付喪神が秀花を殺したのだと思いました。けれどもそれも、付喪神の話と、陛下のお話で否定された。それなら、残された選択肢は一つです」

花琳は驚くほどに淡々と言葉を口にする。

「秀花が『毒味が終わった』と嘘をつき、燕妃様に毒を飲ませ、彼女が亡くなったのを見届けて自分も毒を呷ったのです」

「ほぉ。……心中か」

「はい」

ある種の確信をもって頷く花琳を、皇帝は面白そうに見つめる。

「さて、心中する目的はなんだ？　そこまで秀花は燕妃のことを恨んでおったのか？　それならば燕妃だけ殺せばいいことだろう」

「いえ。おそらくは、秀花は燕妃様のことを慕っていたのだと思います。男女の情と同じような形で……」

「慕っていた？」

「はい。後宮では女官同士の恋愛も珍しくないと聞きました。それならば、昔から燕妃様に仕えていた秀花が、燕妃様に恋心を抱くようになってもおかしくないと思ったのです」

「それは話が突飛だな、花琳よ」

そんなわけがあるまいと、皇帝は肩を揺らした。

「ですから、想像での話です。確証は何もありません。けれどそう考えれば、燕妃様の悪評が多いわけにも説明がつくのです」

花琳は続ける。

「燕妃様は悪評が多いわりに、いつも自ら何かをしたという話は聞きませんでした。秀花が燕妃様から言いつけられ、酷いことをしているという噂はたくさん聞きましたが、彼女が自ら何かをしているという噂は一つもありませんでした。ですから、私は考えたんです。『燕妃様の悪評は、燕妃様を他者から――もっと言うなら陛下の寵愛から、遠ざけるために出てきているものなのではないか』と。……要は、嫉妬です」

その言葉に皇帝だけでなく、その場にいた者全員が目を剥いた。

「現に燕妃様に寄りつく女官は少なかったと聞きます。妃同士でさえも遠巻きに見られていたと」

「惜しいな、花琳。その話だと『燕妃が命令して秀花に悪事をやらせた』の否定にはつながらないぞ？」

「はい。しかし、ここで秀花の荷包の付喪の話が出てきます。荷包の付喪は言いました。『二人はよく言い争いをしていた』『燕妃様が秀花に「こんなことやめて」と何度も言っていた』と。命令をして他者を傷つけさせる間柄に、言い争いは生まれません。あるのは一方的な命令だけでしょう。しかし、『こんなことやめて』という台詞は、命令ではなく懇願です」

「では、秀花が燕妃を殺すきっかけは何だったのだ？　秀花は最初に毒を得ているが、亡くなったのはその一ヶ月後。いきなり思い立ったというのか？」

「それは……」

初めて言いよどんだ彼女に、皇帝は「それは？」と促した。

花琳はしばらく考えた後、ゆっくりと口を開く。

「陛下の夜渡りがきっかけだったのだと思います」

「私の？」

「はい。陛下が気に病むことは何一つありません。しかし、きっかけと言えばそうだったのでしょう」

花琳は迷いながらも、はっきりとそう告げる。まさか自分がきっかけだとは思っていなかったのだろう、皇帝は大きく目を見開いたまま、彼女の言葉を聞いていた。

「秀花はきっと、民から毒をもらったが心中することは迷っていた。自分の思惑通りに燕妃は孤立していたからです。けれどある日、陛下の夜渡りがあった。陛下はもちろん注意をされるために向かっただけなのでしょうが、それを知らなかった秀花は嫉妬を爆発させた」

「そして、心中か……」

「一緒になることが叶わないなら……。そういう気持ちだったのではないかと思います」

「そうか」

花琳は頭を下げつつも皇帝を盗み見る。自分のせいで二人の人間が死んだかもしれないのだ。傷ついていないのかと心配になったのだ。しかし、そんな心配は無用だったようで、彼は満足そうに何度も頷いていた。

「納得した。確かに証拠はないが、私の中ではそれが真実だと受け止めておこう」

「はい」

「ところで、お前の話は本当に面白いな！　聞いていて、いつも飽きない！」

傷つくどころか楽しそうに笑う彼を見て、ほっと胸をなでおろす。

「どうだ？　このまま本当に後宮に残らぬか？　お前なら妃にしてやってもいいぞ」

「へ？」

「なっ……」

声を漏らしたのは飛耀だ。彼は信じられないというような顔で、彼は皇帝を睨みつけている。皇帝もまた、そんな彼のことをにやにやとした顔で見下ろしていた。

花琳は少し考えた後、苦笑いを浮かべた。

「お断りできるなら、お断りしてもよろしいでしょうか？」

「それはなぜだ？　他に好いた男でもいるのか？」

その言葉にさらに飛耀の人相は悪くなる。からかわれているとわかったからだ。

花琳は笑みを浮かべたまま首を横に振った。

「いえ。もう正直、後宮の生活はこりごりです！」

「お前、そこはもうちょっと……」

飛耀の突っ込みに皇帝は肩を震わせて笑い出す。しまいには腹を抱えた。

「本当に面白いな、お前は！　わかった、わかった。お前の後宮入りはもう少し後に取っておいてやろう」

「後にって……」

「まぁ、そう睨むな、飛耀！　これは、私ではなく引き合いに出されなかった己自身を恨むべきだろう?」

　満足し終えたのか、彼の顔はまた皇帝のそれへ戻る。

「それでは、花琳、約束の願い事を聞いてやろう。私に真実を提示した礼だ。なんでも願うがいい」

「……それなら」

　そうして花琳は、願いを口にした。

◆
◇
◆

　一週間後、花琳の姿は『祭具管理処』の物置にあった。

　元の生活に戻った彼女は、相変わらず引きこもり生活を謳歌している。

「花琳さま、よかったんですか」

「願い事、紫芳ちゃんにつかちゃって!」

　牡丹と椿の問いに、花琳は「いいのよ」と笑った。

　花琳の願い事は、紫芳の後宮からの解放だった。彼女にそれなりのお金を持たせた上で、後宮の外に出してやって欲しいと。それでもし、彼女が医師の資格を取ることが出来たら、職場も斡旋して欲しいと頼んだのだ。

『お前は本当に面白いな。そんな願いでいいのか？　私には得にしかならんが。優秀な医者が増えるのは実にいいことだからな！』

そう笑った皇帝は、今回の事件をきっかけに後宮を大改革するらしい。宦官の制度や女官が一生後宮から出られない問題について、これからお偉いさま同士で話し合うらしい。いろいろな思惑が絡んでいて、こういう大きな事件でも起きなければ後宮の改革などできなかったのだと、彼はその後語っていた。

物思いにふけっていると、正永が顔をのぞかせる。

「花琳ちゃん、紫芳ちゃんよ！」

「え？」

物置から出ると、そこには旅装束の紫芳の姿。そして、その背中には民の薬箱があった。

花琳は紫芳に駆け寄った。

「紫芳ちゃん、もしかして、もう出るの？」

「うん。善は急げっていうしね！」

彼女はどうやらもう宮廷から去るらしい。

「陛下が軒車を出してくださるみたいで、遠方の親戚の家の方に身を寄せるつもりでいるんだ。そこで勉強して、医師を目指すつもり」

「そっか……」

別れることになるのだと暗に言われ、花琳は視線を落とした。しかし、俯いた彼女を励ますような明るい声を紫芳は出す。

「私ね、医師の資格が取れたら後宮に戻ってくるつもりなの」

「へ？　なんで？」

「後宮って最悪な場所だけどさ、一応、民が守っていた場所じゃない？　だから、私も守りたいの。もちろんこいつと一緒にね！」

背中の薬箱を叩く。その薬箱を背負うのはいろいろと複雑な気持ちもあっただろうに、それでもそれを越えて前を向く彼女を、花琳は本当に強い人だと思った。

「医師になったらさ、後宮にいても一応外にも出れるんだけど。また会いに来てもいいわよね？」

「うん！　もちろん！」

「野菜の件もまだ約束果たしてないしね！」

「ふふふ、そうだったね」

「それじゃ、改めて約束！」

紫芳は小指を出す。

今度は臆することなく、花琳はその指に自らの小指をからませた。

「うん。約束」

終幕

「んで。また結局、うちには帰ってこねぇのかよ」

飛耀が『祭具管理処』にやってきたのは、紫芳と約束を交わしたその日の夕方だった。遅くまで軍部に引き留められていたらしく、彼の目の下には若干の疲れが見て取れる。

花琳は布団の上で頭を掻いた。

「えへへ。……やっぱり人の多いところは苦手でして」

「お前な……」

「いや、でも！　これからは二日に一度は帰ろうかとは思っています！」

「毎日帰ってこい、毎日」

飛耀は疲れも相まってか、いつもよりさらに呆れたような声を出す。

最近、飛耀は休憩をこの部屋でとることが多くなった。たまに花琳に倣うような形で寝転がっているので、おそらく彼も居心地がいいのだろうと花琳は勝手に解釈している。

少し前なら引きこもり部屋に他者がいることなど考えられなかったが、最近は彼がいることで逆に居心地の良さを感じ始めていた。

「そんなに人が多いのが嫌なら、借りてやろうか。家？」

「へ？」

「ここから近くて、ほどほどな大きさの一軒家。それなら往来もそんなに歩かなくていいし、お前だってちゃんと帰ろうって気になるだろ？」

不意の提案に花琳は目を瞬かせた。

「それは、いいんでしょうか？」

ありがたいとは思う。もちろん家賃は出すつもりだが江家が借りるとあれば、相場より吹っ掛けられることはまずないだろう。

呆ける花琳に飛耀は目を眇めた。

「お前の方がいいのかよ。そうなったら一緒に住むんだぞ、俺たち」

「へ？　えぇ⁉　……か、借りるって、そういう――⁉」

「当たり前だろ。なんでお前が悠々自適に引きこもる家を俺が借りなきゃなんねぇんだよ！」

（それは、そうですよねー……）

世の中そんなうまい話はないということだ。

おろおろする花琳を後目に、飛耀はなんてことない表情で「俺もちょうど近くに泊まれる家があれば、って考えていたところだったしな」なんて言っていた。

「……で、どうするんだ？」

ぐっと近づいてきた距離にどぎまぎする。まだ彼の距離感には慣れない。

花琳は飛耀から顔を逸らしながら、か細い声を出した。

「そ、それは、その。遠慮させてもらいたいです」

「嫌なのか？」

「……」

嫌ではない。嫌ではないけれど、どう答えていいかわからない。

そもそも友達同士とはいえ、血のつながっていない男女が同じ屋根の下に住むというのはどうなのだろうか。花琳の貞操感からはちょっと考えられないが、都に住む人間の貞操感ではこういうのもありな話なのだろうか。だとしたら、都っ子怖い。

花琳は飛耀と視線を合わせないまま、震える声を出した。

「そ、そういうのは、結婚してからするものではないでしょうか……？」

「んじゃ、いつするよ？」

「それは――」

花琳的には『一般的には……』という意味で使ったのだが、飛耀はそれを自分たちに当てはめて取ったようだった。花琳は真っ赤になった顔で飛耀を見上げる。

「け、結婚って、一般的には好き合う男女がするものですよ⁉」

「だから？」

「へ？」

「それが条件なら、あとはお前の答え次第じゃねぇか」

言っている意味がわからない。つまりここで、花琳が飛耀のことを好きだと告白すれば、結婚という話になるのだろうか。

（いやでも！ 好き合うっていうのは一人では成り立たないわけで……）

花琳は飛耀から身を引く。思い出したのは、彼に『好きだ』と言われたあの日のやり取りだ。実は嬉しくて何度も脳内で再生しているあの日の会話を、花琳はもう一度頭の中で反芻させた。

『……好きだつってんだよ』

『え？』

『だから、好きだって……』

まさか、とは思う。そんなはずはない、とも思う。

だけど、彼の言い方は花琳の想像を肯定するものばかりで、花琳は唇を震わせた。

「ひ、飛耀さんはお友達として、私のことを好きなんですよね？」

「は？」

声が物騒だ。それだけで身がすくんでしまうし、彼が花琳の言葉を否定しているのがわかる。

「いやだって、あの時は友達だって……」

「あの時は否定もしてねぇが、肯定もしてねぇだろうが」

「で、でも」

「お前に自覚がねぇのに、こっちの気持ちばっかり押し付けてもしょうがねぇだろ。あん時はお前も、別のことで頭がいっぱいいっぱいだっただろうしな」

飛耀はばつが悪そうに視線をそらす。

つまり、彼は花琳の気持ちが落ち着くのを待っていてくれたってことだろうか。それなら正直、もうちょっと待っていて欲しかった。いきなりこんなこと告げられて、どういう顔をすればいいのかわからない。

「俺はちゃんと好きだって言ったぞ」

今度はじっと目を見て言われる。

さすがにそこまで言われれば、鈍い花琳だって、彼の『好き』の意味はわかる。彼の『好き』は友達としてのものではない。おそらく花琳が彼に向ける『好き』と同じ『好き』だ。

しかも今度は、逃がしてはもらえそうもない。

目に涙の幕が張る。嬉しいはずなのに、混乱して言葉が出てこない。

狼狽える花琳の態度をどうとったのか、飛耀は小さく息を吐いた。

「言っておくが、そういう反応をする間は離す気ないからな。嫌ならもっと徹底的に嫌がれよ。つけあがるぞ、俺が」

「だって……」

「だって？」

「だって、嫌じゃないんだから仕方ないじゃないですか！」

涙目で訴えれば、飛耀がぐっと身を引いた。その顔は驚いているようなのに、どこか赤い。花琳は頭から布団をかぶった。

「逃げんなよ」

布団の上から聞こえてきた声に花琳は身を固くした。

声の位置でわかる。これはきっと、相当近くにいる。

「だってだってだって!!」

「あんまり逃げたら、追い詰めたくなるだろうが」

「──っ！」

嬉しくてそばにいたい気持ちもあるのに、逃げたい気持ちも同時に湧《わ》き上《あ》がる。

「さっきの『嫌じゃない』はどういう意味だよ。いい加減俺も、ちゃんと答えが知りたいんだが……」

いつもは意地悪なのに、その声はびっくりするほど優しかった。彼はなおも布団の近くにいるのだろう。まるで耳元で話しかけられているかのような声に、全身が熱くなる。

「おい、花琳。いい加減出てこい」

「……」

「布団剥ぐぞ」

「……」

「ずっと、やきもきさせられてる俺の気持ちにもなれよ」

その言葉で花琳は諦めたように布団から出てくる。しかし、視線は合わせず、俯いたままだ。

「で？」

「……あの……」

「俺はお前が好きだ。……お前は？」

そう促され、花琳は膝の上の両手をぎゅっと握りしめた。そして、聞き取るのも難しいぐらいの小さな声を絞り出す。

「わ、わたしも、飛耀さんのことが好きです」

「ん」

「……多分」

「………おい。今、その『多分』っての必要だったか？」

雰囲気をぶち壊す彼女の発言に、飛耀は頬を引きつらせた。しかし、花琳は涙目で訴える。

「だ、だって！　初めてのことなんだから、仕方がないじゃないですか！　こんなに恥ずかしくなるのも、どきどきするのも、逃げたくなるのも、初めてのことなんです‼」

花琳の赤い顔に、なぜか今度は飛耀の方がたじろいだ。

「お前な……」

「……なんですか？」

「いや……。ま、そっか。そうだよな」

手が伸びてきて、なぜか褒めるように頭を撫でられた。

「その『初めて』は、悪くないな」

そのまま飛耀の手は花琳の頬に滑り落ちてくる。そして、頬を撫でた後、なぜか輪郭を掴まれた。

「飛耀さん？」

「ちょっと黙ってろ」

何をされるのかはわからない。ただ、嫌な気持にはならなかった。

飛耀は花琳に身を寄せる。そして、さらに顔を近づけてきた。

（あ）

「あらー」

その時、戸の方から聞きなれた声が聞こえて、飛耀が飛びのいた。

見れば、正永がにこやかな顔で頬に手を当てている。

「職場恋愛は悪くないと思うけれど、ここで行動にうつすのはどうかと思うわよ、飛耀ちゃん」

「その図体で、気配もなく近づいてくるなよ……」

そういう飛耀の顔は、今までに見たことがないぐらい真っ赤になっていた。正永のことを睨みつけているが、その顔色ではかなり迫力に欠ける。

「えっと。正永さん、どうかしたんですか？」

「花琳ちゃんに用事って子たちが来てるのよ。三人ほど。なんか、俊賢ちゃんの知り合いで外焼厨房の子らしいんだけど……」

「え？」

俊賢の知り合いとはいえ、見知らぬ人間の訪問に花琳の身体は強張った。

するともう一人、物置に顔を出す人物がいた。智星だ。

「花琳ちゃん、食物倉庫の子が食べ物の保存方法について聞きたいって言ってきてるけど……」

「ちなみに何人ですか？」

「五人」

「……」

花琳は黙ったままそっと布団をかぶる。その布団の中に顕現する椿と牡丹。

「花琳さま、陛下がお呼びですよ」

「お呼びです！」

「……やっぱり、お山に引き籠った方がよかったかなぁ……」

花琳は布団の中で震えながらそう呟いた。

完

本書は書き下ろしです。

SH-050

花《か》琳《りん》仙《せん》女《にょ》伝《でん》

引《ひ》きこもり仙女《せんにょ》は、やっぱり後宮《こうきゅう》から帰《かえ》りたい

2020年4月25日　第一刷発行

著者　桜川《さくらかわ》ヒロ

発行者　日向晶

編集　株式会社メディアソフト
〒110-0016
東京都台東区台東4-27-5
TEL：03-5688-3510（代表）/ FAX：03-5688-3512
http://www.media-soft.biz/

発行　株式会社三交社
〒110-0016
東京都台東区台東4-20-9　大仙柴田ビル2階
TEL：03-5826-4424 / FAX：03-5826-4425
http://www.sanko-sha.com/

印刷　中央精版印刷株式会社
カバーデザイン　桐畑恭子
組版　松元千春
編集者　長谷川三希子（株式会社メディアソフト）

定価はカバーに表示してあります。乱丁・落本はお取り替えいたします。三交社までお送りください。ただし、古書店で購入したものについてはお取り替えできません。本書の無断転載・複写・複製・上演・放送・アップロード・デジタル化は著作権法上での例外を除き禁じられております。本書を代行業者等第三者に依頼しスキャンやデジタル化することは、たとえ個人での利用であっても著作権法上認められておりません。

本作品はフィクションであり、実在の人物・団体・地名とは一切関係ありません。

© Hiro Sakurakawa 2020 Printed in Japan
ISBN 978-4-8155-3521-6

SKYHIGH文庫公式サイト　◀著者&イラストレーターあとがき公開中！
http://skyhigh.media-soft.jp/

大好評発売中

SKYHIGH文庫

作品紹介はこちら▶

公式サイト http://skyhigh.media-soft.jp/　公式twitter @SKYHIGH_BUNKO

大好評発売中

ワケあり
シェアハウス
あなたのお悩み、
解決します！
妖怪
つき

TROUBLES ARE
UNAVOIDABLE OF
THIS SHARED HOUSE!

渡海奈穂

SKYHIGH文庫

SKYHIGH文庫　　作品紹介はこちら▶

公式サイト http://skyhigh.media-soft.jp/　公式twitter @SKYHIGH_BUNKO

大好評発売中

SKYHIGH文庫

作品紹介はこちら▶

公式サイト http://skyhigh.media-soft.jp/　公式twitter @SKYHIGH_BUNKO